愛呦文創 愛呦文創

愛呦文創

愛呦文創

DEAD MAN SWITCH ·3

末日校園

아이제（Eise）/ 著　艾味 / 譯
Zorya / 封面繪圖　sima / 海報繪圖

目錄 CONTENT

一 HAPPY PLUS 番外合輯

1 ▽ 惡夢的結束 9

雖然雪停了、冰融了，但我們內心仍殘留著被血和腐肉玷污的冬天。
我這才稍微明白，為什麼哥哥即使在感染者熙熙攘攘的運動場中、
在堆滿屍體的倉庫裡，仍像沒有明天的人一樣渴求性愛。
但是冬季總有一天會結束，就像他終會擺脫永遠的聖誕節一樣。

2 ▽ 只屬於兩人的聖誕節 79

「還是去吧。大家一起吃好吃的，開心的玩。
我希望哥哥的生日……不要只有悲傷的記憶。」

3 ▽ 前夜祭 163

我們將度過許多不同形式的聖誕節，
不變的是我們會一直在彼此的身邊，撫慰著逐漸痊癒的傷痛。

HAPPY PLUS

。

番外合輯

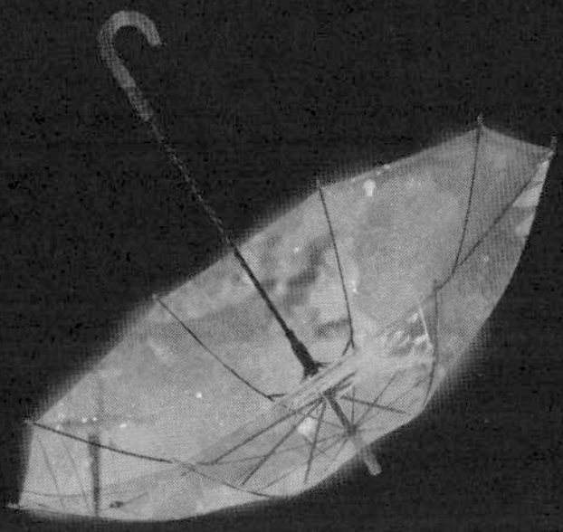

番外 1 ▷ 惡夢的結束
番外 2 ▷ 只屬於兩人的聖誕節
番外 3 ▷ 前夜祭

番外 1 ▽

惡夢的結束

「鄭護現先生？」

「是。」

「今天的檢查已經結束了，幫您預約下個星期回診。下次回診只要抽血就好，不需要其他進一步的檢查了。」

院務科職員用沒有抑揚頓挫的聲音像唸稿一樣快速說話，視線固定在電腦螢幕上而非我。反正職員每次說的話都大同小異，我也漫不經心地聽著，一邊轉過頭去，數十名患者和陪病者坐在候診間的沙發上，盯著正前方的大電視螢幕播放新聞。

【疾病管理本部研發的「百一大病毒」治療抗體，在動物實驗中驗證確實有成效】

【檢疫系統漏洞百出，對疑似感染患者的管理出現重大疏失，蔓延社會的安全麻痺症問題再次成為焦點】

事件已經過了好幾個月，每天都還是有新聞提到我們學校，記者也幾乎天天進出醫院。有時，會看到熟悉的臉孔以「倖存者」的身分受訪而出現在電視上。對這一切，我也應該習慣了，但心情還是覺得怪怪的。

不用看也知道那個所謂的治療抗體是從哪裡來的，上週從我手臂抽出來的血，還有剛才抽出來的血，想必又要送去某個地方做研究了吧。

有一種 Anti-D 疫苗，是可以用來對抗 Rh 陰性血型的人罹患罕病時的治療處方。這種疫苗無法人工製造，必須透過極少數具有特殊抗體的人捐血才能取得。這次慘案擴散的病毒也是如此，不，狀況更糟糕，因為到目前為止被發現的抗體擁有者只有我。

在關閉校園後，感染者陸續出現。

從校園逃出的人當中，也有一些人已經感染了，還有人是經由與動物接觸而受到感染。因為一開始的症狀都是發高燒，很容易誤以為只是感冒。有些被救出的人突然在救護車內發生變異，結果就造成了可怕的結局。

政府動員軍警迅速行動，隔離出現異常症狀的人。校園附近地區全面封鎖，對整個區域進行徹底的消毒，這是他們想到最有效的方法。

但是，這麼做也只是延遲，並無法完全阻止病毒擴散，除非把懷疑受感染的人全部消滅，否則不可能完全阻止。

已感染的人也無法再恢復健康，只能眼睜睜地被痛苦折磨到心臟完全停止跳動後，再以可怕的面貌重新復活。現在動物實驗成功了，但願疫苗開發成功，不要再出現更多的死亡者。

事到如今，我還是一點真實感也沒有。

離開學校又回到日常生活，蓋著又厚又暖的被子盡情睡懶覺，一日三餐都吃飽吃滿，每天還可以洗澡洗得清清爽爽，換上乾淨的衣服玩手機，這些現實對我來說卻像做夢一樣，身上布滿了血和塵土，在冷冽的校園裡四處走動的記憶反而更鮮明。

我從積雪的山上獲救以後，天天做惡夢，夢中的情節有各式各樣的內容。

例如在夢中夢到逃了出去，醒來後卻發現仍在校園裡的夢中夢；或是病毒最終傳播到外面的世界，導致所有人類全都滅亡。

雖然持續接受針對倖存者安排的精神科治療，但效果微乎其微。

「那就下次回診見了，請慢走。」

面無表情的職員說完意思意思點了一下頭，隨即專心握著滑鼠點擊螢幕。我從沉思中回過神來，拿回診療卡，習慣性地道了聲謝謝後轉身。

大學附設醫院的大廳一如往常的擁擠，在那些人當中也有人因殭屍病毒而失去家人或戀人嗎？我在校園裡見過無數的犧牲者，他們如果運氣稍微好一點，現在也會活著在這個大廳裡候診嗎？

相反地，如果我的運氣差一點，或許就無法逃出學校而死在裡頭了。就像在那裡的無數屍體一樣，然後時間是……

「你看見我死了嗎？」

「……嗯。」

會再次回到聖誕節的早晨。如果我死了，唯一有抗體的人就會消失，那麼，世界就真的會變成惡夢。

我們始終沒有找到答案，無法解釋為什麼偏偏是學長一再回到過去，只有他記住一切。這是神的安排，還是惡魔的把戲，或者是在人的極限邊緣，學長和我產生了幻覺？

不過，現在想這些也於事無補。

我們經歷了太多的不現實，死人變成怪物再復活這件事本身就不現實，只是在堆積如山的疑問中再增加一個而已。

我穿過寬敞的大廳，朝出口走去，陌生人不斷從我身邊經過。穿過玻璃門，還未完全踏出去，我不經意地瞥見電視上的新聞標題。

【據了解，事故發生當時正在研究類似狂牛症的新型人獸共同傳染病……突然變成「殭屍病毒」的原因為何？】

醫院大門在身後毫不留戀地關上，沉甸甸的室內空氣像被沖洗過一樣消失了，現在包圍我的是耀眼的陽光和涼爽的風。

番外1 ▽
惡夢的結束

天氣還是涼颼颼的，春寒料峭，人們仍穿著厚厚的羽絨外套，在街上縮著脖子行走。但醫院外庭院裡卻開始陸續出現綻放的春花，沿路栽種的櫻花樹上也結滿了小花苞。

時間過得真快，就在我住院、出院和無數次複診的過程中，季節悄悄地變化，而我的惡夢仍停留在冰冷的冬天。

我扣好大衣領子挪動腳步，如果不想遲到，就得把握時間。

站在陌生的大門前，我拿出手機再次確認簡訊上的地址，兩手都提了東西，要滑手機螢幕也不容易。

我莫名感到緊張，難道是因為第一次來這裡的關係嗎？還是因為這是平常經過只敢遠觀而不敢靠近的高級大樓呢？

牆壁和地板是高雅的黑色大理石，寬敞的走廊上絲毫感覺不到有人住在這裡的動靜，以前去豪宅當財閥家小兒子的家教時也沒這麼緊張過。

猶豫了一下，還是按了門鈴。沒過多久，沉重的大門打開了，一個身穿黑色T恤的高眺男子出現，可能是剛洗完澡，一頭烏黑的頭髮濕漉漉，看起來更黑了。

「啊！」

四目相交的瞬間，我不由自主地後退了一步，學長連眼睛也沒眨一下，一直盯著我，突然噗嗤笑了。

「幹麼一副害怕的樣子？之前你不是還壓在我身上嗎？」

自從上次我在學長病房向他告白後，今天算是兩人第一次正式面對面。

住院期間，我每天都被帶去接受各種精密檢查，出院之後就一直待在家裡。學長因為子彈嵌在肋骨下方，在醫院待的時間比我久。我們兩人的時間巧妙地錯開了，所以一直沒能見面。

雖然頂多也才經過幾個星期而已，我卻感覺好像很久沒見到他了。既不是在充滿血跡的校園，也不是有消毒藥水味道的病房，而是在日常空間與他面對面，當下我反而覺得有點陌生。就像從恐怖電影海報上剪下主角，再將它孤零零地放在浪漫喜劇電影海報上。

「好久不見了，最近好嗎？學長。」

為了消除尷尬我主動先打招呼，學長靜靜地點了點頭。

「嗯，你好啊。現。」

「……」

打完招呼後又是一陣沉默。要不要問問他的傷口怎麼樣了？不對，明知道沒那麼快好，還問什麼問啊。還是問他最近過得怎麼樣？這又是什麼爛問題，我跟學長什麼時候這麼客套過？

在現已成為廢墟的校園裡，我們曾經殺氣騰騰地瞪著對方，也曾翻來覆去交纏在一起、吻遍全身……那些似乎都是遙遠的過去。突然覺得害臊，我不自覺垂下眼睛。

「那是什麼？幹麼帶那個來？」

他俯視著我懷裡的一束花，數十朵盛開的鮮紅玫瑰填滿了視野，我的臉一下子感覺熱燙燙的。心想豁出去了，我猛然遞出花束，學長愣了一下才收下花。

在他大大的手裡，那一束花顯得更小了。

「送給學長的。」

「我？為什麼？」

「那個……」

要我親口說出來真是尷尬極了。

「我們……因為是……第一次……」

「嗯哼，第一次。」

他慢慢複誦我的話。我感覺臉好像著了火似的，不敢直視他，用畏畏縮縮的聲音說：「這是我們第一次約會，也是學長出院後第一次見面，算是祝賀你……」

之前在病房裡我說喜歡學長，他當時並未拒絕我，我想我們應該就是戀人關係了，所以才特地買了花和禮物來。

但是眼前的學長好像不是這樣想，不然怎麼會明知我要來還一副居家休閒的打扮？甚至就像剛洗完澡出來的樣子。

該不會是我自己太誇張，想太多了吧？真是丟死人了。

「你不喜歡嗎？」我怯生生地問。

學長沒有說話。他該不會又要罵我了吧？還是要怪我告白完人就不見了？或是嘲笑我自己一個人興奮個屁？我的心裡忐忑不安。

「鄭護現。」他開口了：「你對其他傢伙也是這樣嗎？」

「什麼？」

「我問你跟其他傢伙也會……約會。馬的，是啊，只要約會就買花是吧？你對誰都是這樣表示的嗎？用你那漂亮的臉蛋，至今到底迷惑多少人了？」

他咬牙切齒地說。我突然有一種奇怪的感覺閃過。

「我……並沒有那樣。」

「沒有嗎？」

「沒有，學長……我……」

「那不然是怎樣？某些傢伙給花、某些人不給花？然後我被選中了送花是嗎？哇！這還真是太榮幸了。

「不是那樣的……等一下，你聽我說，請聽我解釋。」

「解釋什麼？你還想要狡辯什麼。」

他手用力一握，花束的包裝紙嘩啦啦皺成一團。

才沒講幾句話，情況就進入無法挽回的局面，感覺我好像成了放著自己的戀人不管，到處捻花惹草、四處留情的負心漢一樣。

「對不起。」我把手放在他的手上說道。

雖然我不大確定為什麼要道歉，但還是先道歉了。

「算了。」

他猛然轉過頭去，花束依然緊緊握在手中。是花莖會先斷，還是他的氣會先消？我輕輕地撫摸著他手背上突出的青筋，觀察他的表情。

「學長，生氣了喔？」

「不用你管。」

「你不跟我說話了嗎？」

「算了，我現在沒心情。」

「我可不是隨便誰都會送花的。我只是想，和學長有好一段時間沒見了，另外，學長特地邀我到家裡來，空手來拜訪總是不好啊。」

「……」

學長還是不屑一顧把頭轉向另一邊，我也不管尷不尷尬了，使出渾身解數安撫他。

「是我錯了，我以後除了學長，絕對不會送任何人花，我保證。」

學長嘆了一口氣，鋒利的眼神感覺有些放鬆了。

「你以為這樣耍賴就可以了嗎？」

「啊？耍賴？我哪有？」

真是無話可說，這又是什麼啊，我耍賴？他哪隻眼睛看到了？我不是卑躬屈膝地苦苦哀求嗎？

「算你機靈，反正長得好看就了不起啦。」

「什麼？」

「進來吧。」

他也不等我，說完自顧自地就進去了，手裡還拿著一束皺巴巴的玫瑰花。

我猶豫了一下，也跟著進門。

突然想起一直拿在手上的購物袋，裡頭的禮物還沒給他。可是隨即想到光是送個花他就那種反應，如果再把禮物給他，真不知道他又會想到哪裡去了。算了，等等再看狀況找個適合的時機給吧。雖然手上提著的購物袋不停發出沙沙的聲音，但只能裝作沒聽見。

「打擾了。」

我小心翼翼地脫了鞋子走進去，裡面的空間很大，包括走廊，全都是大理石材質。沙發和桌子等家具應有盡有，但奇怪的是，沒有「生活」的感覺。

書櫃和收納櫃空空如也，書卻莫名其妙地都堆在客廳地板上，有看起來像是展覽型錄的硬殼封面圖輯，還有一些藝術相關書籍，全都混在一起，旁邊還有類似 DVD 光碟隨意放置。想想其實也不意外，畢竟學長也不是會把東西整理得有條不紊的個性。

「不知道伯父伯母或有其他人在嗎？我想應該先打個招呼比較好。」我小心翼翼地問。

學長搖搖頭，「不用了，這裡只有你跟我。」

「學長自己一個人住嗎？」

「嗯。」

「你的家人呢？」

「我沒有家人。」

我心裡震了一下，話說回來，自從認識學長以來，的確從來都沒聽他提起過家裡的事。我突然好想打自己一個耳光，怎麼會隨便說出這種未經大腦的話。

「對不起，我……是不是問了不該問的話。」

學長回頭看我，突然笑了一下。他用食指戳了戳我的臉頰，但是我沒有反應。

「瞧你這個樣子，原本就已經很白皙的臉現在更白了，像冷凍的鮮奶油一樣。」

「……」

「只要再逗你一下，我看你就要哭出來了。突然很想看你可愛的哭臉。」

「……」

「你不知道吧？這段時間我為了忍住自己想摸你的慾望，不知道忍得有多辛苦。好想戳一戳我們護現軟Q軟Q的臉頰，再摸摸漂亮的手和腳，再揉一揉粉紅色的老二。」

「什麼……天啊！」

那些淫言穢語依然如故。學長完全肆無忌憚地摸我的臉頰，還像捏年糕一樣捏來捏去，我真的快哭出來了。

這時學長突然開口說：「我爸媽早就離婚了。我已經很久沒見到我爸了，我媽在國外。」

「啊——」

聽了他的話，我瞬間小小鬆了一口氣，總之幸好不是最糟的那種狀況。

我們擺脫了置身校園的惡夢，逐漸融入彼此的現實生活中。姓名、年齡、生日、喜好、家庭關係，隨著了解他的二三事，我切切實實感受到他是真正「活著」的人。就像之前，他也曾緊緊地抱著我，聽著我的心跳聲，確認我還活著，才感到安心。

「當初我媽說我終於可以離家上大學一定很開心，叫我不如乾脆去地球的另一邊唸大學算了。我聽了很火大，所以故意選了國內的大學。沒想到她居然說我不走，那她就走，然後馬上就收拾行李離開了。」

竟然是為了這種理由選學校。但話說我們學校的分數也不低啊，真是讓人無話可說。

「學長受了那麼重的傷，還動了好幾次手術，伯母怎麼都沒來醫院？」

「是我叫她不要來的，看到她我的傷會更嚴重。」

我想起了學長住的病房，與我的病房很不一樣，我的病房裡總是吵吵鬧鬧，有家人相伴，但學長的病房裡空空如也。

同樣格局的單人房，但看起來很空曠。我記得放在床頭的水果和花籃，高雅的設計加上鑲有金箔的卡片，不像是訪客親自拿著來探病，反而像是直接向店家訂購再請外送送來的。

兒子在慘案中奇蹟般地活了下來，受了槍傷住院，做母親的竟然連看都不來看，但該送的東西一樣也不少，還讓唸大學的兒子一個人住這麼高級的房子，這母子關係到底該說是好還是不好？真是冷酷到猶如冬日的寒風啊。

我坐在客廳的沙發上，連外套都沒脫。兩人沉默了一陣子，都不知道該說什麼。在學校的時候，根本沒有時間考慮對話主題，要去哪裡才能找到糧食、要如何處理感染者、要用什麼方法快速到學校大門……我們談論內容大部分離不開這些問題，然而此刻在這陽光可以滲透進來的客廳裡，和學長平靜地坐在一起，這感覺很陌生。

「我訂好了下午的電影票。」

我突然沒來由地開口，學長瞪大了眼看著我，我繼續說道。

「我不知道學長喜歡什麼類型，反正我就先挑了最近聽說很賣座的電影，萬一不喜歡的話換其他的也行。還有來的路上我在網路上搜尋過，在這附近有一間咖啡店的草莓蛋糕很有名，等等吃完飯後再去吃甜點也不錯。對了，還有餐廳……」

「鄭護現！」

學長突然打斷我的話。

「現在還把我當你學長？」

「什麼？」

「我們學校已經沒了，還什麼學長啊？」

病毒外洩事故相當於核電廠爆炸的大型災難，不僅是我們學校，附近地區都被封鎖列為管制區域。校長辭職後，行政上也進入了廢校程序。校園裡死了很多人，已經不可能再復校了。

以去年第二學期為基準，學分已修滿符合畢業條件的學生可以直接獲得畢業證書，而尚未畢業的學生只得轉到其他大學繼續就讀。

可悲的是，學長和我都是後者。大三的我還算好，但學長只剩下最後一個學期和畢業展而已，不管是想透過特例申請或正常程序轉學都被迫延後，因為必須先住院治療。

病毒災難使全國上下一片混亂，這種時候我們還得擔心學業，真是令人哭笑不得。那麼多人死得冤枉，可怕的記憶還原封不動地保留在我和學長的腦海裡，雖然時間不停流逝。

「叫我永遠哥，不然你叫我『親愛的』更好。」

「不是，那個……」

「不用再那麼客氣拘謹，沒關係的，我可是很期待聽你再喊『奇永遠閉嘴』這種話呢！」

「不行，我不會再那樣了，那真的只是一氣之下口不擇言而已。」

「喂，你就那麼想和我保持距離嗎？」

學長臉上的笑容突然消失。

他給人的印象本來就不是溫文儒雅那種，表情一變，看起來更是凶狠。

「剛才在門口就這樣，像生平第一次見面一樣客氣拘謹。叫你進來，還擺出一副很為難的表情，甚至還顧慮什麼登門拜訪的禮儀。都跟你說了不要再叫我學長，你是嫌我說的像屁話所以不聽是嗎？」

「……」

「明明只要稍微摸一下就爽得要命，還抱得緊緊的，現在怎麼就突然生疏了起來？是在學校裡，因為氣氛才巴著我，現在清醒了覺得後悔了是嗎？後悔被討厭的傢伙碰了是嗎？」

我沒想到學長會有這樣的感覺，手指尖涼颼颼的。

「不是那樣的，為什麼要說那種話？如果我討厭學長，就不會買花來拜訪你啊。」

「不然是怎樣？看你到現在連外套都沒脫，像是受到什麼責罰似地正襟危坐。你是巴不得快點離開這裡是嗎？到外面趕緊吃飯、看電影，然後就可以把我打發掉是嗎？」

過度沉醉在久違的平靜日常中，我一時忘了，學長對我的一舉一動反應是多麼的迫切。他只要一下子沒看到我就會變得異常敏感，我受傷他會馬上失去理智。在我們分開的這幾個星期裡，真不知道他是怎麼過的。

他用犀利的三白眼狠狠瞪著我，我不經意地縮起身子，豎起大衣領子。他粗暴地一把抓住我的手腕，一陣劇痛，眼前瞬間空白一片，忍不住爆出尖叫聲。

「啊！」

學長咬緊了牙，眼神看起來像是要馬上把我撕裂，但抓住我手腕的手卻瞬間放鬆。他毫不遲疑地脫掉我的大衣，把我穿的襯衫衣袖挽起。

一陣短暫的寂靜，他苦澀地笑了笑說：「鄭護現，你……」

我的手臂上密密麻麻的都是針扎的痕跡，能扎針的地方布滿了細細的小孔，未完全癒合的傷口凝結著血，有些地方則是呈現斑駁的瘀青。我就像個重度吸毒者。

自從檢查出我體內具有抗體後，我被抽了無數次的血，每天都被用粗針扎住我的手臂好幾次。醫院也沒管什麼捐血間隔要多久這種規範，因為我是唯一擁有抗體的人，而犧牲者時時刻刻都在增加，若想盡快開發出疫苗，就必須這麼做。

因此，我比在校園裡時更蒼白了。因爲不想被看到我坑坑疤疤的手臂，所以我刻意不脫外套。現在就要進入春天了，但即使在家人面前我也會穿上長袖的衣服，假裝若無其事，因為我怕大家看到了會擔心。

「從剛才你的臉就那麼白……我還以為你是因為緊張才……我真是笨蛋。」

「……」

「……馬的。」

學長抓著我的手臂，大拇指輕撫了好幾下我瘦骨嶙峋的手腕，然後輕輕放下。

「我只是有點害怕。學長之前不是說過，一開始我們不合拍，說我很討厭你，但後來我們不知不覺就親近了。只是現在又回到日常生活中，我怕學長會不會覺得沒有理由再關心我了……」

「……」

「我們本來就沒有什麼交集……我現在也不知道該說些什麼，總不能說在殭屍堆裡翻滾的事吧，所以……」

「不是你厭倦了我嗎？」學長說。

我一瞬間停止了呼吸。我看著學長，清清楚楚地說：「如果我的心那麼輕易改變，那我就不會向你告白了。」

他盯著我的眼睛，就像在淋浴間裡緊握著手凝視我時一樣。

「鄭護現。」

「是。」

「我最可愛的護現啊。」

他的視線低垂，原本凝視著我的黑眼珠被長長的睫毛遮住了。他的嘴唇微微動了動，好像在猶豫著要說什麼。不一會兒傳來了低沉的耳語。

「不要討厭我，就算我無法救你，不能替你殺了那些騷擾你的感染者。即使我犯了大錯……你也一直喜歡我。」

心臟一陣刺痛。學長近乎懇求的眼神凝視著我，我一時不知該如何反應。

「我會的。」

我靜靜地笑著說。

「永遠哥，我喜歡你。也許比你想像的更喜歡。」

他也露出淡淡的笑容，似乎是不自覺的，只是因為我笑了，所以他也無意識地跟著笑。

「哥哥喜歡我嗎？」

「喜歡你嗎？不知道，我不大清楚。」

語無倫次的學長嘴角漸漸扭曲。

「我以為逃出學校就能擺脫你，回到認識你之前的生活，以為可以過平凡的日子。但事實並非如此。除了你，我腦子裡沒有其他想法，我已經不記得要如何活在沒有你的世界裡。」

他描述著慘淡的心情，但不知為什麼我卻有股想哭的感覺。我默默地張開雙臂，他順勢倒進我懷裡，我小心翼翼地環抱住他寬厚的背。

「雖然不知道喜不喜歡，但我知道一點，現，我需要你，沒有你，我就活不下去。」他說。

我們就這樣靜靜地抱在一起，在安適的日常生活中見到的他，不再令我感到尷尬和陌生。

停留在荒涼冬季的心稍微融化了一點，就像凋零的枝頭，探出一顆顆欲綻放的花蕾。

轉眼到了中午，如果繼續這樣在家裡磨磨蹭蹭，恐怕會錯過吃飯時間。

預先找好餐廳吃中飯，然後到咖啡店吃草莓蛋糕喝草莓汁，再去看電影，看完電影應該還要吃晚飯吧？因為是第一次約會，我莫名感到緊張，一個人規劃了很多行程，若想要一一完成，就得把握時間。

我先把學長推進房間裡。雖然天氣轉暖了，但濕漉漉的頭髮還是要吹乾才能出去。我一個人回到客廳默默坐在沙發上，視線投向對面的另一間房，從半掩的門縫裡看到內部。

寬敞的房間裡沒有衣櫃或床等一般家具，倒是有桌子和層架，上面隨意擺放著雕刻刀、素描、石膏和黏土。是工作室嗎？我不禁好奇，於是回頭喊了一聲。

「我可以參觀一下你家嗎？」

「想看就盡情看吧。你想看我換衣服嗎？可以近距離看沒問題，不然乾脆你直接幫我脫吧。」學長毫無顧忌地回答。

我趕緊道歉：「對不起，我不看了。」

「怎麼？不是想看嗎？」

「那個，呃……仔細想想隨便參觀別人的家好像很失禮。」

「有什麼好失禮的，我們倆關係匪淺啊。」學長低聲笑了。

我們關係匪淺。要是在之前我大概會馬上想辦法溜之大吉，但是現在聽起來有點不一樣，可以感受到話裡隱含的分量不同。

再次有了真實感，在空無一人的家裡，只有我和他兩個人。

現在沒有威脅生命的感染者，也沒有覬覦物資的貪婪生存者，只要我們願意，想做什麼都行。

雖說學長原本就是不分時間地點，隨心所欲的人。

突然有點害羞的感覺。我坐得端端正正，眼睛直直盯著牆，不久便慢慢開始覺得睏。因為要回診，所以很早就起來了，在醫院又被抽了很多血，身體很快就覺得沒什麼力氣，不知不覺靠在鬆軟的沙發上睡著了。

寒風凜冽地颳著臉頰，乾枯的樹枝像蜘蛛網一樣伸展遮住了天空。

沉沉的空中降下陰森森的雪花。

源源不絕的鮮血滲透了褲管和腳踝，浸濕了地面，嚴寒的天氣使血水迅速結冰，從小腿開始刺痛蔓延，感覺漸漸變遲鈍了。

愣愣地往下看，有人躺在泥土和雪交織的冰冷地板上，是學長。被冷汗浸濕的頭髮貼在額頭上，他的臉上沒有血色，有些奇怪。

——學長，學長！

沒有回答。我的心臟緊繃，搖搖晃晃地坐在他面前，忘記腿被子彈擦過的疼痛。我又叫了好幾聲，最後伸手摸索，扒開他那被灰塵和鮮血弄髒的衣領，手按在他的脖子上，但是……

脈膊沒有跳動。

應該是錯覺吧。一定是因為天氣太冷，手凍僵了，所以沒有按對位置。

我咬緊牙，把身體再放低，這回我把整個手掌捂住他的脖子。我的手不自覺瘋狂顫抖。

——起來、起來，快起來啊。再走一下就到了，山下就是公車站，那裡有很多人。快點起來！

我的視野變窄了，只看到靜靜地閉著眼睛的學長，一動也不動，手無力地垂著。我摸了又摸他那迅速冷卻的臉頰，拚命想把我的溫暖分享給他。

——現在真的就要得救了，再堅持一下，只要再堅持一下，我們就可以逃出去。我們不是說好要一起逃出去的嗎？

我六神無主地環顧四周，一片雪白的山環繞著我們，感染者、軍人、其他生存者，全都不見蹤影。刺骨的寒風把耳朵要颳破了。

沿著我和學長走過的路上，積滿了厚厚的雪，留下點點黑紅色的血跡。

——都已經到這裡了你難道要放棄嗎？為什麼不回答？學長，拜託你說句話。你怎麼這麼涼？為什麼，為什麼你的心臟不跳……

我像機械般晃動著他的肩膀喃喃自語，聲音像沒有生氣的冬樹一樣乾裂。

我漸漸失去重心，四周血慢慢地滲開了。

最後我倒在學長的胸口，我們的身體重疊，沒有力氣，不再動彈。心臟像被碾壓過一樣劇痛，每次呼吸都感覺撕心裂肺。奇怪的是我沒有流淚。

我擠出最後一絲力氣低語：「學長……」

有人抓住我的肩膀，就像把我從夢中拉回現實。

我連忙睜開眼，灰濛濛的視野裡閃現一道又黑又白的形體。我無聲咧嘴笑，好像有人掐著我的脖子似的，耳朵裡「嗶」的一聲巨響。

「鄭護現，呼吸。」

「……」

「專心呼吸就好，不要想別的事。深吸一口氣，好，現在吐氣。」

堅定的聲音在耳邊響起，我伸出顫抖的手抓住他的胳膊，終於喘過氣來。

「喃——喃——」

眼前一點一點亮起來，光滑的天花板和燈光，還有俯視著我的學長，眼角餘光有皮沙發的影子。可能是流汗了，額頭和背部都濕漉漉的。

是夢。我扶著學長在積雪的山上，途中學長倒地不起。

這一切都是夢。

現在是平靜的早春，是大白天，這裡是他的家，我們的生命沒有受到任何威脅。

學長換了衣服，雖然還是黑色，但是剛才穿的T恤換成了針織衫，原本濕濕的頭髮也吹乾了，就在我在沙發上睡著的時候他已做好出門的準備。

「現。」

他低聲地叫我，那聲音趨使我僵硬的腦袋嘎嘎轉了起來。

我不能告訴學長說我夢見他死了。一直以來學長都比我痛苦，我怎麼在他面前還哼哼唧唧訴說做了什麼惡夢呢？第一次約會，不能發生這種會破壞氣氛的事。

學長手扶在沙發椅背上，直勾勾地俯視著我，看著他烏黑的瞳孔，我的心臟像要爆炸一樣怦怦跳，好不容易才慢慢平靜下來。

「我……」

我微微動了動嘴唇，緊繃的嘴角上揚，想辦法製造出微笑。

「不好意思，突然就睏了。都準備好了嗎？我們現在出門？」

「你做了什麼夢？」

他面無表情地問道。搭在沙發上的手背青筋凸起，皮沙發傳來嘎吱嘎吱的聲音。

「你做了什麼夢啊？剛才不是還叫我嗎？看你喘不過氣來像被鬼壓床一樣。」

不管怎樣我得先擺脫現在這個狀況，於是我盡可能想辦法把話轉開。

「沒什麼大不了的，只是突然被叫醒嚇了一跳。那個……就是早上太早起了，所以才會覺得有點睏，剛才瞇了一會兒已經好多了。啊，學長應該很餓了吧？我們快去吃飯吧……」

「你是不是夢到被關在學校裡的事？」

「……」

「在夢裡，我死了是吧？」

學長淡然地說，不是因為好奇才問的，而是確信，彷彿他自己也經歷。

我呆呆地看著他，兩人視線相交，不是流滿了血、逐漸失去溫度的學長，在我面前的是活生生的學長。緊緊壓在胸口那一團熱呼呼的東西直往喉嚨裡鑽，眼淚隨即奪眶而出，我自己也不知道這是代表委屈還是安心。

「抱我。」

從緊繃的喉嚨裡好不容易才擠出沉悶的呼喚，眼淚順著太陽穴流下，我根本就顧不得現在臉上看起來有多狼狽。

學長的視線依舊固定在我身上，身體輕輕移動。他跪在沙發上，傾斜著身體，角落輕輕被移開，學長就在我上方，陰影覆蓋著我。

「抱我，快點、快點。」

我也不知道自己在說什麼，哭著張開雙臂。

他把我抱起來，我用力攬著他緊實的肩膀和後背，努力想多碰觸他身體的每一個地方，急切地確認他的心臟正在跳動。

又大又涼的手捧住我臉頰，學長靜靜地俯視我，接著頭一偏，他乾枯的唇觸碰到我被淚水浸濕的唇。

我閉上眼睛，他托住我的後腦杓，輕輕地咬了咬我的下嘴唇，然後像哄我一樣揉搓著，把舌頭慢慢伸進我無力張開的雙唇中間。

「嗯——」從開合的嘴唇中間洩漏出呻吟，我被壓在他身體下面不由自主地蠕動。

我們的心臟不停地膨脹又收縮，大腿緊緊貼在一起。兩人的體重讓沙發響起嘎吱聲。我的感覺敏銳了起來，脊梁發顫，汗毛豎起。

我們一向在危急關頭格外渴望彼此，當怪物們在外面徘徊時，在冰冷骯髒的地板上打滾親吻，像被追趕一樣融合了身體。

但現在不一樣，沒有別人的客廳很安靜，平靜的陽光從百葉窗縫裡透進來，沒有人可以傷害我們。如果之前的慾望都是衝動，那麼現在完全是我們自己的意志使然，沒有任何藉口。

學長吸了一口氣，把我拉了起來。嘴唇並未放開，舌頭更深入，黏稠的呼吸，嘴唇上凝結的火熱觸感讓我幾乎喘不過氣。

我遲疑地把手伸出去，一時不知道該怎麼辦，猶豫了一下，笨拙地攬住他的腰。之前我們是怎麼接吻的？學長是用什麼方式抱住我的？我好像全都忘記了，一切顯得非常陌生。

「沒關係。」

他冷不防地說，嘴唇仍不斷撫觸，聲音既不是嘲諷也不是輕蔑，我睜開眼睛。

「沒關係，你想摸就盡量摸，去確認吧，我就在這裡，哪裡都不去。」

「真的？你不會離開？」

「嗯，真的。」

原本在學長腰上的手移動，從厚實的肩膀，順著後背下來，輕輕撫過受了槍傷的肋下。在粗針勾織的針織衫下，我能感覺到他的腰部肌肉在抽動。

「啊！」

耳邊傳來甜甜的嘆息。他隨手一拉，把我的襯衫下襬抽出來，迫不及待把手伸進褲子裡。

「啊，啊，嗯——」

衣服下面的身體碰到了他的手。他把手伸進我的大腿中間，用力擰我的大腿。身體每一個毛細孔都極度敏感，簡直快要死了。眼淚原本早已止住，但不知不覺我又開始哽咽了。

「我們護現收放自如，你真的……是天生好手啊。」

他想解開襯衫鈕扣，但似乎沒那麼順利，突然有點神經質地笑了起來。

「這扣子……馬的，小可愛，你今天為什麼偏偏要穿這件衣服來？你是要我扣子還沒解開就射出來嗎？」

在鈕扣一顆一顆被解開的過程，我不知所措地扭動著，下意識地抓住學長的針織衫下襬。他好像等了很久似的，把自己的手蓋在我的手背上，一下子就把針織衫脫了，連裡面穿的短袖T恤也一起脫掉。

他輕輕甩了甩頭，從散亂的頭髮中可以看到他烏黑的瞳孔。厚實的肩膀和鎖骨、筆直的頸項，還有脖子上橫陳的疤痕，雖然淡了些，但還是很顯眼。

他用一隻手解開褲子鈕扣，身體又覆了上來。沒有沾血和灰塵的衣服、乾爽的肌膚，空氣裡沒有一絲屍體腐爛的惡臭。

我們四目相接，像是約好似地再次擁吻，如同初吻般生疏又小心翼翼。

很快我的襯衫也被脫掉了，背脊碰觸到冰冷的皮沙發。看著學長把脫下來的襯衫隨手扔在旁邊的桌子上，我一時茫然，有種既神奇又怪異的感覺，現在我們就像是真的，真正相愛的戀人。

學長輕輕地把手放在我的手上，十指相扣。手指間敏感的皮膚與學長的手指交纏，又刺又癢。全身的感覺像花朵綻放一樣甦醒了。

學長抓起我的手，親吻手腕內側脈搏跳動的位置，接著順著手臂，在注射針孔和瘀青斑斑每一處都印上他的吻。

「別再做那些什麼鬼檢驗了，管他搞疫苗還是什麼東西。」

他抬起頭，紅紅的舌頭舔了舔嘴唇。深鎖的眉間突然露出一股狠厲模樣，執著地打量我赤裸的身體。

「你瘦了很多，現在感覺一口就可以把你吃掉了。」

「不管怎樣還是得接受檢驗，你也知道我無法拒絕。」

「你要我眼睜睜地看著這麼漂亮的東西被折磨到只剩一半嗎？」

他不悅地咬牙切齒，我只能苦笑。由於幾乎天天抽血，不管睡得再好、吃得再飽，也來不及補回來，不過也不至於到一口就能吃掉或只剩一半的地步。

「感覺一不小心，就會把你弄壞了……這麼可愛的小東西，我很擔心啊，該怎麼辦才好？」

我把他的手放到我胸口，希望撲通撲通跳動的心跳聲能傳遞給他。

「沒關係，我不會壞掉，所以你可以摸我。」

學長慢慢地輕撫我的胸口，又摸了摸鎖骨、肩膀和腰。就像什麼都看不見，只能靠觸感來確認對方存在一樣，慎重又小心翼翼。

他手指上的老繭刺激我的皮膚，又刺又癢讓我不由自主地扭動身體。

「鄭護現，你別再動了，我快要瘋了。」

「可是真的很癢……」

「不管是你的乳頭還是老二，那些粉紅色的地方我都會吸了再舔，整天坐在你膝蓋上用我的鳥頂你，會非常的癢，所以你最好給我忍住。」

學長深呼吸一口氣，整個人趴在我身上，我張開的兩腿承載了他的重量。他一隻手與我十指緊扣，把頭埋在我的脖子上，我則用另一隻胳膊摟住他的後背。

他用鼻尖在我的脖子上蹭了一下、吻了一下，又磨蹭我的臉頰。面對著用犬齒咬一口就會斷氣的獵物，巨大的猛獸似乎在撒嬌。沿著突出的青筋輕輕地吻著皮膚，來到脈搏跳動的地方用力吸吮，我的腰一下子就彈了起來。

「啊！」我忍不住輕喊出來。

「就算我這樣把你咬死，你也會乖乖就範吧？你就安分一點躺在我下面，用好聽的聲音哭泣吧。」學長低聲說道。

他的頭髮在我的鼻子上擺動，隱約散發著洗髮精的香味。

「不會那樣的。」

「你也可以啊，在我脖子上弄個疤也行，隨你要掐脖子、抓我、啃我都行。」

「不要……」

「又不要？好吧，我親愛的小學弟，這次不要什麼啊？」

「我不要再讓學長痛了，不要。」

學長噗一聲笑了出來，但只有一下，隨即馬上把臉埋在我的脖子上，毫無顧忌地舔著。從脖子、肩膀，到胸口，滿嘴拚命吸吮和輕咬。就像被針孔扎了無數次的手臂一樣，那些部位也充滿他吸吮過的痕跡，當他把我的乳頭含在嘴裡吸吮時，我差點流下眼淚。

最後，我的內褲被他扯下，頓時感覺有點害羞，好久沒在學長面前完全赤身露體了，不自覺把大腿縮起來。學長無視我微弱的抵抗，粗魯地把我的雙腿扒開，抓住半勃起的性器。

「還乖乖地待在這裡啊，我們小現現的小雞雞，好久沒看到了，怎麼越來越漂亮了。」

「學長，拜託。」

「我想吸你想到快死了。」

「什麼？」

「現，你不想吸嗎？」

「什麼……不是……吸什麼？香菸嗎？還是有衣服還沒洗？」

「不是，我的鳥啊。」

學長故意拉長話尾，微微一笑。這些露骨的話連最起碼的濾鏡也沒有，就這樣自然脫口而出，而且他一邊說還一邊用手輕輕揉捏我的性器。我的腦海中閃過學長的分身，回想起光是含著前端感覺下巴就要裂開似的，我拚命做最後的掙扎。

「吸那個我的嘴會裂開啊。嘴裂開了會流血的，那樣會痛到連飯都吃不下，我會餓得病懨懨，連一口飯……不是，半口飯都……」

「也是，那可不行，你被抽了那麼多血，不能再流血了。」

他誇張地點了點頭，正在懷疑他怎麼大發慈悲時，他把我翻了過去。

「那你別用嘴了，就用你的後庭吧。」

我根本沒有時間反應，就在我的臉碰到沙發皮的同時，臀部也被扒開。緊閉的入口感覺到溫熱的氣息，不一會兒，軟乎乎的舌頭狠狠地刮著乾枯的內壁，我激烈地顫抖。

「呃！啊——」

學長緊握住我的大腿，可以感覺他張大了嘴，使勁把舌頭往內伸。我清楚地感覺到他的鼻梁和嘴壓著我臀部的肉。我簡直羞愧得要死，埋著頭拚命掙扎，但一切都是枉然。

學長使勁地把舌頭伸進去，連舌頭根都進去了，來回捲動，內壁一下子就被弄濕了。已經有很長一段時間沒有被碰觸過的肌膚瞬間被喚醒，太刺激了，我四肢無力，大腿抽搐。

「啊！啊！啊！」

學長似乎要用舌頭把後庭捅破，他還用手抓住我的臀部，使勁揉捏，隨著他的動作我止不住地戰慄扭動。

「啊！呃！不要……啊……不要……」

舌頭在內壁裡狼吞虎嚥，我不自覺小腹用力。學長把我一條大腿抬高掛在他肩膀上，我的身體側轉一半，我笨拙地雙腿大開，被他拉過去。

學長嘴邊亮亮的，淫穢地微微一笑。
「小可愛，這是怎麼回事，你的老二怎麼變成這樣了？」
不敢相信。我的性器完全豎了起來，而且還在跳動。不僅如此，發紅的前端還滲出了液體，感覺馬上就要射精了。他用指尖彈了一下我的性器。
「不……不要。」我哀求道。
「我是把後面弄濕，但為什麼前面會黏糊糊的？」
「我不知道。」
「你這段時間有自慰嗎？有沒有自己抓著老二甩啊、搖的？看你剛才不過捅了下後庭就爽成那樣，應該是沒有吧。」
「那個……嗯……怎麼問這種事？學長真是太過分了……」
我掙扎著抽動被他抓住的腿，在狹窄的沙發上努力想拉開距離，但學長緊抓著我的大腿用力貼著身體。
「說啊，嗯？有，還是沒有？」
「啊……沒有、沒有！」
「真的？一次都沒有？在夢裡也沒有嗎？」
「……」
「鄭護現，給我好好回答。」
我還沒回答，學長就把食指和中指伸進我的口中。我不由自主喘息著，吸吮塞進我口內的東西，傳來嘖嘖的吸吮聲，沒過多久手指就抽離，接著塞進後庭。
他的手指在裡頭戳勾伸展，內壁簡直要裂開了，我因為突然的插入而嚇得渾身發抖。他手指在裡頭像掃過每一處後抽了出來，從我後庭抽出的手指濕透了，接著再進入。

「嗯啊！」

這只是開始。學長毫不留情，戳刺著裡面的每一處，手指一再往內直到掌指關節緊緊壓在後庭入口，然後瞬間抽出。如此反覆，我幾乎要昏了，用力扭動臀部，緊咬著在裡面的手指。緊繃的性器晃來晃去。

「學長……啊。」

「不要叫我學長，叫哥。」

「哥，呃！永遠哥……」

「很好、很好。」

「有……我有……我有……」

「什麼？自慰嗎？」

「不是，啊……不，是睡到一半……呃……」

「夢遺嗎？」

後庭內部又刺又痛的快感中，我狼狽地點了點頭。

「那你夢到誰了？」

「……」

「又不說，我問你是夢到誰才射的啊？」

臉一下子就燒燙燙的。我哀怨地瞪著學長，誰會在我的夢裡做那麼情色的事呢？他明知故問，真的很討厭。我的眼眶一下子就濕潤了，學長輕輕地皺起眉頭。

「裝可憐也沒用。」

在內部的手指豎起，抽插內壁的動作更快了——啊，再用力一點。不，怎麼辦？就是這樣，再用力一點。不，夠了，我快不行了——腦海中開始語無倫次。

「啊，啊，嗯……啊，啊！」

手指一掃而過，內壁肌膚散發出銳利的快感。我的腰和臀部抬起，陰囊中積存的精液不知如何是好似地噴了出來。學長好像就在等這一刻，抓住我的性器含在嘴裡。他含著整個前端，津津有味地吸吮，把精液都吞下，吸得臉頰都凹陷了。

「護現啊，真是，很爽吧？可是我的鳥都還沒出動，你就忍不住射了這該怎麼辦呢？」

我根本來不及擦去小腹和大腿內側沾到的精液，先忍不住啜泣起來。熱燙燙的肌膚黏在沙發皮上，眼睛裡都是淚水，眼前的學長顯得模糊不清。

「我每次都做同樣的惡夢。」

「……」

「夢到被關在學校裡。有時是我們一起活到最後……有時是我們大吵大鬧，互相傷害，然後分手。那些都還好，因為至少活著。可是有時候……」

「嗯，我了解，我……」

「我怎麼會不知道呢。」

學長說到一半突然停頓了一下，然後才又開口。

我們互相凝視對方，在彼此眼中看到同樣的傷口。學長伸出一隻手來和我十指緊扣，另一隻手抓住自己的大根，他的狀態也和我一樣，充血的性器昂起了頭，在尿道孔中凝結的液體形成細絲，往下流淌。

學長握住我的腳踝，把我的腿張開。性器、陰囊、下面的會陰和後庭一一暴露出來。他的肉棒啪啪拍打著我的小腹，沉甸甸的前端沾滿了水氣。

「現在我把這個放進去，好好地頂一頂。」

他笑著低聲說道，但我笑不出來。那個充血的東西看起來那麼凶惡，我估算了一下，感覺塞進去會直頂到我肚臍正下方。那個東西竟然塞進我後庭好幾次，實在是不敢相信，當下看到仍是觸目驚心。

我緊張得無意識之下後穴不自覺抽動，看著這一切的學長眼睛閃過危險的光芒，那視線似乎要把我整個人吃掉，熱燙燙的前端隨即貼在後穴。

「嗯哼。」

我緊閉雙眼，無法承受的力量，讓內壁肌膚幾乎撕裂，但前端只進入一半而已，不一會兒稍微抽出，又再推進，比剛才深入更多。

「裡面都已經濕了，可是後穴太窄了，才沒幾個月就不認得我的鳥了嗎？」

「等一下……嗯！」

從下面開始，經過令人窒息地推進，最後學長的前端一舉進入。許久沒有他人的性器進入，內壁反射性地收縮。

「啊哈……馬的，要瘋了。」

學長輕輕地咬牙閉上了眼睛。

與涼爽的室內溫度形成鮮明對比，他的瀏海和太陽穴被汗水浸濕了。

我的內壁緊咬著他的前端，當他抽動時感覺內臟都快被拉出來。有點害怕、一點不舒服、疼痛，但更多的是瘋狂。他的前端稍稍撥開緊縮的內壁，抽動，內壁沾上黏稠的液體，再次深入。就這樣反覆了好幾次。

性器終於插入了一半。學長抓住我瘦削的骨盆，調整呼吸。他的腰和腹部肌肉繃得緊緊的，接著腰部用力輕輕向前推進。

「啊，啊，啊——」

整個腹部似乎都吱吱作響，內壁正被他的肉棒蹂躪。我不知所措將手臂伸向學長，緊緊環抱他的背，整個人像吊在他身上。他托著我的後腦杓，把嘴唇壓在流汗的額頭上。

剛開始像測試一般，接著逐漸加快了速度。啪、嘖、咯吱，內壁與性器摩擦發出各種讓人臉紅心跳的聲響。我把腿纏在學長腰上，隨著他在上方推進的動作擺動。

學長緊貼著我的腹股溝，宛如固定住一般，然後猛地一頂，我的大腿劇烈抖動，身體被折成兩半，更像被壓碎了一樣。

屁股翹得很高，性器看得一清二楚。當他濕潤粗大的分身突然抽出時，就會看到發紅的後穴和微微腫脹的會陰。他再將性器頂入，周圍的肉都會往內擠。真是太猥褻了，快感一下子湧了上來。

若是再看下去，感覺我的心神狀態會變得異常，於是我閉上了眼睛。

「那個……那裡……怪怪的……好痛、好癢、不要……」

「這裡？好，那我再多一點。」

我茫然地點了點頭。為了讓他的那話兒多深入一點，我隨著節拍，臀部一聳一聳，但同時眼睛也哭腫了。

又熱又癢的感覺從小腹漸漸蔓延開來，早已忘卻的熟悉感覺回來了，這是躺在溫暖的床上，有家人照顧的情況下也不曾感受到的安全感。我還活著……在這一瞬間我才確確實實感受到了。

「現啊，今天怎麼這麼熱情？是想念我的鳥嗎？看你哭得……啊，我都快喘不過氣了。」

學長突然一股作氣從上往下深深沒入，我們全身上下都交疊在一起，一邊說話一邊夾雜著粗重的氣息。

「嗯……啊！」

「給我好好的說，說你想念我的。」

無法準確理解學長的要求，只覺得無法清醒，耳邊響起他低沉的聲音，我的腳尖蜷縮起來，被他的肉棒猛頂的下體也充滿了力量。

「想念……老二……」

「那我呢？」

「……」

「你也想永遠嗎？想見我嗎？」

他的生殖器前端反覆戳揉內壁一寸寸深入，光是要忍受腹部像被碾碎一般的感覺就很吃力了，好不容易喘口氣，打從心底回答。

「是，我想……我很想念哥。」

「嗯，我也很想念我們護現。」

他猛然吻了我，熱燙燙的舌頭在嘴裡撥弄。我眼睛都睜不開了，哭著回應他的吻，盲目地與他的舌纏繞，吸吮著嘴唇。

兩個成年男子的重量讓沙發不住發出嘎吱聲，加上我們倆都不是矮個子，所以移動起來綁手綁腳的。

學長發出不滿的呻吟，抓著我臀部揉捏的手更用力了。

突然我的身體一下子懸空，緊貼著後穴的肉棒承載了我的重量，更深入了。我既覺得痛又怕，但更有種毛骨悚然的感覺，簡直差點要失禁了。

「呃！啊……啊，啊！」

學長不但沒有把我放下來，反而就這樣抱著我朝向臥室走去。我的視野在顛簸，恐懼中慌慌張張地抱緊他，用流汗的雙腿緊纏住他的腰，手臂圍在他的脖子上。

學長拍拍我的背說：「抓緊了。」

他站在臥室門口，雙手緊抓住我的臀部，猛往上頂。

潮濕的內壁斷斷續續地收縮、鬆開，我可以明顯感覺到斜斜刺向肚皮下方的性器。從包裹住性器的內壁到臀部、後腰、腳尖全都麻酥酥的，我不自覺地張開了嘴。

「叫你抓緊結果怎麼只有緊抓著我的老二啊。」

學長隱隱地笑了，但是與剛才不同，眼神未顯從容。

我急急忙忙按住上腹部。

「不行，我快喘不過氣來了。下面一直刺痛……現在都到這裡。」

「你知道嗎？你真是……你真是會讓人瘋狂。」

我還來不及回應又被推到臥室牆上，背脊撞上冰冷的大理石，忍不住打了個寒噤，身體頓時緊繃。學長從牙縫間發出呻吟，然後用力抱住我。

「別抖了，還沒到床上就吃掉我的精液嗎？」

但我整個身體止不住地顫抖，學長把我靠在牆上，毫無顧忌不停地頂，撞在堅硬的牆壁發出咚咚的聲響，但他一點都沒想要停下來的意思。下體貼合得很緊，肚子都快壓扁了。他和我的腹部、大腿、地面都淌著體液。

腳怎麼也搆不到地，我的身體一下子往上浮，又一下子墜落在他的大根上。隨著變換角度和強度，上下起伏的動作，我的分身不停甩出液體。我臀部用力，使勁咬住他的肉棒，否則可能會摔到地上。

「啊，鄭護現，等一下。」

學長咬著牙，透過被汗水浸溼的頭髮中可以看到他眉頭緊鎖，脖子上出現了青筋。太性感了。

他托住我，迫不及待轉身，我根本就來不及反應，整個人像被搬走，原以為會看到天花板……砰！卻是鋪著柔軟被子的床墊接住了我，棉被包裹著學長殘留的香氣隱隱縈繞。

「啊，啊，啊——啊——」

我躺在床上，胸口不停起伏，急促地喘著氣。學長騎在我身上側著身，留有疤痕的結實胸膛和腹部下方尺寸巨大的凶惡性器危險地晃動，有一大半都濕漉漉的，前端中間凹陷的孔中湧出清澈的液體。

一隻大手抓住了我的腳踝，這幾個月來我的手腕和腳踝都變細了，這樣下去感覺他一手就可以包覆我整個腳掌，頓時產生了危機感。再怎麼說，我可從來沒被人說過弱不禁風這種話。

他定定地凝視我的雙腿之間，握住自己的生殖器，光憑視線似乎就把我從頭到腳都吞噬了。他靈巧地揉捏腫脹的肉棒，一邊吻我的腳踝，舔了舔突出的骨頭，又再吻遍腳踝、腳背。

看著自慰的他，我也忍不住興奮。剛才緊咬過他大根的臀部扭動，腹內熱辣辣得很難受。

我伸出手臂拽著學長的脖子，腿用力攬住他的腰。學長似乎就在等這一刻，隨即撲了上來，把他的大根緊緊地塞進已敞開的洞中。才進入一點點，那種刺激就讓我窒息，我不自覺猛然抬起臀部，發出一聲近乎尖叫的呻吟。

「啊！」

學長什麼話都沒說，一再把我蜷縮的大腿撐開，不停往前頂。肌肉撞擊的聲音很響亮，感覺腹內正被他的肉棒扭曲、壓扁，最終全部融化。

我們在散發著衣物柔軟劑香氣的被子上，像野獸一樣交纏在一起。學長和我十指交叉，將我按在床上。

止不住飆升的快感，讓我把顫抖的腳尖舉起，反覆揉搓學長的大腿和小腿後側。

很快高潮就要來了。想找個方向射出卻無暇思考，喉嚨也發不出聲音，我用一隻手抓著學長的背脊，發出無聲的尖叫，最後終於仰起了頭。

「……」

這是令人窒息的高峰，一陣痠楚的快感劃過小腹。在我們腹部之間打轉的性器，終於射出精液。每一次間歇性用力時，精液就會湧出。在這種情況下，學長仍不斷在我體內猛頂。

縮小到極限的內壁緊抓著陽具，學長露出猙獰的樣子，他咬著牙反覆幾次猛頂，最後集全力一擊，啪！

「嗯哼——！」

他的嘴唇吻著我眼角的痣，下體仍緊貼著我的臀部。腹內深處蠢蠢欲動，感覺進入我體內不是他的肉棒，而是心臟。

射精的過程漫長而執著，性器反覆抽動，把肚子裡弄得全都是精液，而我則是忍著器官被壓迫的快感，蜷縮在他懷裡。

以前就算在翻雲覆雨之際，也要擔心不知道什麼時候會受到襲擊、不知道會不會被怪物聽到聲音，綁手綁腳的。但是現在沒有任何顧慮和阻礙，只是如果持續這樣下去，我怕自己會沉迷於他帶來的快感，讓我頓時莫名害怕了起來。

手臂使不出力，但我還是努力掙扎挪動身體，陽具脫離，我可以感覺到光滑的精液順著內壁流出。突然，腳被抓住。

「小可愛，你要去哪裡啊？不要走啊！」

學長捋著被汗水浸濕的頭髮微微一笑，眼睛裡絲毫不想掩飾未盡的性慾。我的背脊發冷。

「好幾個月沒見了，只想射一次就好嗎？真讓人傷心啊。」

「等一下！那個……我是擔心床。」

「床怎麼了？」

「如果弄髒了怎麼辦？要洗床單很麻煩啊。」

「沒關係，不管是慢慢流出來還是像噴泉一樣都沒關係，你盡管射吧。」學長毫不猶豫地說。

我頓時有股危機感，馬上又說：「還有。」

「喔，是嗎？還有什麼？」

他微薄的忍耐力像往常一樣在幾秒鐘內就會化成泡影，我著急了起來。

「我已經預訂好電影票了，好不容易搶到好位置，還有，我們看電影前要吃飯、去咖啡店，時間會有點緊。」

「電影，是啊，你喜歡電影吧，我們還要去看電影啊。」

他心不在焉地點了點頭，但很明顯只是隨口說說，根本就把我的話當耳邊風。

「你沒看到客廳有家庭劇院組嗎？還有很多DVD，待會兒就坐客廳第一排盡情看吧。」

「……」

「好，下一個藉口。」

「學長……」

「什麼？學長？」

我的話中途戛然而止，周圍的空氣突然下降了好幾度。

「不是要你叫我哥，怎麼又傳來了學長兩字啊。」

「不，不是那樣的。」

「你從剛才就覺得很不情願吧？不喜歡就說不喜歡，不要找那麼多爛藉口。」

不是不情願，是覺得可怕。

這樣不行，如果陷進去了，那麼在危險時啟動的剎車裝置可能會被解除。我本來想這樣辯解，但一急就腦筋一片空白，而且現在解釋再多似乎也沒有用。

不知所措的我沉默著，學長看起來更生氣了，他一拉我的腳踝，我無力抵抗就被拖過去。

他把我壓在下面，狠狠地說：「馬的，鄭護現。你完蛋了。」

電影泡湯了。我的眼前一片漆黑。

我渾身痠痛得像被狠狠揍了一頓，我真以為自己就要死了。

什麼都動不了，只能趴在鬆軟的被子上，伸手摸索手機。看了看時間，我嘆了口氣，距離電影開演只剩十分鐘。原本想吃完飯再吃過甜點後看電影，所以刻意訂了比較晚的場次，但現在全都沒有用了。

雖然還有十分鐘，但電影院距離遙遠，光坐計程車就要十分鐘，更別說擠大眾交通工具了。現在除非外頭有輛私家車可以立即出發，否則根本無法按時到達。

我含著淚把手機畫面關了，煞費苦心準備的第一次約會行程就這樣泡湯了，全由汗水、精液、眼淚等體液填補。我無聲地哭泣，不知該說什麼才好。

「怎麼了？」

從頭上傳來低沉的聲音，學長，不，哥在俯視著我。

剛洗完澡出來的他裸著上身，只穿了條運動褲。

挺直的肩膀骨骼、結實的胸膛，肋骨清晰可見。

他那樣還好，而我則是仍然筋疲力盡，一直光著身子，好不容易才撿起內褲穿上，但連自己起床去沖澡的力氣也沒有。哥用濕毛巾幫我擦了擦身體，在這個過程中，當然少不了各種淫言穢語的取笑。

「沒事，我剛剛只是在滑手機而已。」

深色的被子，襯得我淺藍色的內褲過於突出，突然一陣害羞地爬進被窩裡。

「遮什麼遮，該看的都看光了。」

「……」

「不過護現啊，怎麼又穿這麼可愛的內褲，裡面的東西像棉花糖一樣軟綿綿的，內褲也要穿棉花糖顏色一樣的啊。」

「我只是在家裡隨便拿了一件來穿，你別取笑我……」

「是啊，你的老二顏色也很可愛啊。」

「啊！」

在意想不到的時機出現的淫言穢語讓人背脊發涼。我慌慌張張地把被子拉過來把身體蓋好蓋滿。哥哥噗嗤一聲笑了坐在床邊，伸手輕輕亂撥我的頭髮，我把臉埋進枕頭裡任他撥弄。

「滑手機滑到什麼？」

「時間。」

我悶悶不樂地說。

「已經太遲了，電影票飛了。如果現在想趕過去，得有私家車才行。」

「沒關係，那也是沒辦法的啊，人生怎麼能夠事事按自己的計劃進行呢？振作點，小可愛。」

他拍了拍我的背，說了一些聽起來沒什麼誠意的慰問。

我實在無話可說，也無法生氣，話說這都是誰害的啊！

「電影就算了，那吃飯呢？」

「在家裡吃？」

「在家裡？要自己煮？還是叫外送？」

「隨便你。」

「哥想吃什麼？」

「我？護現啊。」

「不是我。我是說食物，食物。」

「不知道。那個就算了。」

「不是，你……」

哥哥也不知有沒有聽到就一頭躺倒在床上，不顧頭髮未乾的濕氣會滲入被窩裡，抱著我懶洋洋地打滾。這與之前不吃飯、不睡覺，拿著沾滿血的武器警戒的樣子截然不同。

想起初次見面時的他，像是一把過度磨損，傷痕累累的刀。現在在我眼前的是他原來的性格嗎？躺在鬆軟床上的他和徘徊在冰凍校園裡的他之間，有著巨大的隔閡。我心裡一陣刺痛。

「隨便吃吧，你喜歡什麼就吃什麼。」

他摟住我的腰，把臉埋進肩窩，我也順勢抱著他的背，沉思著，我向他表白了自己的心意，應該，算是交往中的關係吧……雖然沒有得到哥哥確切的答覆，但也不是隨便到一個朋友家玩，叫外送好像有點太草率了。

「家裡有材料嗎？」

哥哥用下巴在我脖子上磨蹭著，懶洋洋的舉動一點都不像凶狠、敏感的他。他現在就像毫無防備把頭伸出去的野獸，只求陌生人給予輕柔地撫摸。

等了一會兒他才回答：「你要做飯給我吃嗎？」

「嗯。有什麼可以煮的嗎？如果沒有的話，就先去買菜或線上訂吧。」

沒穿衣服的他，靠近腰部有一道疤痕，不同於其他模糊變淺的疤痕，這是剛形成不久，手術縫合的痕跡，微紅的傷口正是在學校大門外被擊中的槍傷。

現在這個掛著傷疤的人已不再像患者一樣虛弱無力，而且不久前幾乎快把我折磨死了，但怎麼說我也不可能叫他做飯，我可不是那麼沒禮貌的傢伙。

「你要做什麼菜？」

「其實我也不擅長料理……雖然不是很擅長，但還是會一點。」

「你剛才不是被我操得欲仙欲死，連走路都走不動了嗎？又要到廚房裡磨蹭什麼？不要白費力氣了，就這樣漂漂亮亮地躺著吧。」

「……」

我真是哭笑不得，哥哥厚顏無恥的「鄭護現漂亮說」到底要講到什麼地步呢？我好歹也是個身高在平均值以上的二十多歲年輕男性啊。

再這樣下去，他腦海裡的我不就成了連路都走不穩的小娃娃嗎？

我站起身，可以感覺到他的目光緊隨其後。我的衣服皺巴巴地躺在客廳沙發旁，只得先穿上他掛在床頭的黑色短袖T恤，對我來說確實是寬鬆了點。

我撥一撥套T恤時弄亂的頭髮，認真地說：「你休息吧，做好了我會叫你。」

哥哥沒有回答，而是嘻嘻笑地倒下，裸露的肩膀被逗樂似地上下聳動。

我穿過客廳到廚房去。

廚房也和客廳一樣，不知該說是雜亂還是整潔。

儲物櫃裡空空如也，所有東西七零八落地放在意想不到的地方，還有這是怎麼回事……為什麼放紅酒的架子上放了草莓？冰箱裡的雞蛋槽內也有草莓。

我在廚房裡找尋了一下，終於找到一些材料，玻璃瓶裝的義大利肉醬和義大利麵。本來做西餐比做韓式料理要簡單多了，而義大利麵又是當中最容易的，只要把麵煮熟，再倒入醬汁拌一拌就好。這種程度我也做得到。

「……」

我在鍋裡裝水，然後放在爐上等水燒開。回頭看了一眼臥室方向，靜悄悄的，哥哥現在在做什麼呢？在吹頭髮？還是依然躺在床上賴床呢？或是緊閉雙眼把頭埋進枕頭裡睡覺呢？光是想像心裡就癢癢的。

在七十週年紀念館內，是第一次也是最後一次只有我們兩人面對面平靜地吃飯。實際上要說是「吃飯」都算不上，因為餐點只有辦公室內備品櫃的餅乾、沖泡湯品和快過期的果汁，當時他仍說我漂亮得要死，記憶就只有這些。

現在我們可以去豪華的高級餐廳，也可以在人來人往的路邊攤吃飯。這些都是理所當然的日常，卻讓我感覺很陌生。在山上那個暴風雪肆虐的封閉校園裡，有太多連這些平凡日常都享受不到而冤枉而死的人。

我出神地想著，好一會之後才清醒過來，鍋裡的水不知何時已經煮開了，我迅速把義大利麵放進去，打算再加點起司和蘑菇。我在水槽下面的櫃子裡翻找了一陣子，好不容易找到把刀，隨即站起來。

「呃！」

劈頭的疼痛襲來，眼前頓時一片漆黑。

該死的眩暈症。

我早已不是飽受缺鐵困擾的成長期青少年，沒想到在這個年紀還會因貧血而受苦。

一時沒握好，刀掉了下去，發出令人毛骨悚然的聲音。刀刃輕輕擦過我裸露的大腿，因刺痛而眼冒金星，眼前卻也逐漸清晰。

腿上出現了細細的紅色長條，傷口很淺，不貼OK繃也沒關係，只是被劃傷的地方偏偏是在中央圖書館閱覽室時被刀割傷的部位。向我揮舞著刀的人大口喘氣，還有門的另外一邊貪婪地伸出手臂的感染者的模樣歷歷在目。

當時我流下的血濕透了褲子，甚至順著腳嘩嘩往下流。在那種情況下拖著身子逃離感染者，甚至冒著暴雪走了好一會兒，腦中還浮起消毒刀傷時的記憶，在冷冰冰的ATM自動化服務區內，不斷響起混雜了哭聲的慘叫。

「嗬——嗬——」

腿不住地顫抖，我用手捂著臉坐倒在地，額頭不知不覺冒出了冷汗。不久前的興奮快感已消失得無影無蹤，那個位置只留下苦澀的感覺。

鍋子咕嘟咕嘟地響，裡面的東西都溢出來了，我這才想到義大利麵。剛剛還誇下海口說要做飯，這下把麵都燒焦了。我撐著瑟瑟發抖的膝蓋勉強站了起來。

「你不要動。」

肩膀被一隻大手壓著，是哥。沒有斥責，不慌不忙，沉著地把火關了。

我狼狽地閉上了眼睛。

「幹麼把刀拿出來？你還是拿湯勺吧，那樣比較可愛。」

「對不起。」

他默默地注視著亂七八糟的鍋子，好像聽到又好像沒聽到我說的話，然後轉過身來，他始終面無表情，烏黑的眼睛讓人看不出來在想什麼。他的視線從我毫無血色的臉、顫抖的手臂到腿上細細的傷口，一一掃過。

「我不喜歡義大利麵，我們還是訂披薩吃吧。」

「……」

「可以吧？快訂吧。」

不喜歡吃義大利麵家裡怎麼會有義大利肉醬和麵條呢？但是我沒有點破，只是露出無力的笑。

「……好。」

「知道，我會按時吃藥和吃飯的。就是那時見到的學長啊，記得吧？不用擔心，我又不是要去什麼危險的地方，我會打電話回去。嗯嗯。我不會去學校附近的。嗯，你們也好好休息吧。」

站在門口一邊講電話，另一隻手同時接過披薩。訂購時在應用程式上同步結帳，所以外送員遞上披薩後就迅速離開了。

我掛斷電話，關上了門。

一隻胳膊從後面伸過來，撐在門上，把我圈在中間，陰影籠罩著我。哥哥歪著頭親吻我的臉頰和眼角的痣。一點都不管熱呼呼的披薩，只顧著我圈在懷裡磨蹭了好一會兒，直到痲酥酥的感覺順著脊椎一路到兩腿幾乎要發軟時才放開了我。

「是誰？」他問道。

我還想他怎麼沒問呢？講什麼都聽到了，應該已經猜到是誰了吧。

「我媽。」

「怎麼了？叫你馬上回去嗎？」

「不是，叫我不用急著回去，還說既然都來了就在學長家過夜，明天再回去也行。」

回頭看他，強忍著眼角的笑意，聳了聳肩。

「聽我媽說家門口又擠滿了記者。上個月也是這樣，現在連我奶奶家也有記者在等著，真不知道他們是怎麼知道奶奶家的地址。總之現在回去會很麻煩的。」

包括我們兩人在內，獲救的倖存者都受到媒體極大的關注。不知他們哪來那麼多問題，連還在治療中的患者都不放過，一逮到機會就把攝影機鏡頭對準，遞上麥克風問很多問題。

每個新聞頻道一整天都在播放倖存者的採訪影片，還有電影導演誇下海口說「要把百一大的慘案拍成電影」，結果受到輿論撻伐只得公開道歉。

我不僅是倖存者，更是唯一擁有抗體的人，沒有比這更具新聞價值的了。但一直以來都以保護個人隱私、精神狀態還不穩定等理由，拒絕了所有媒體接觸。可是記者們不知用什麼管道得知我家地址、父母工作的地方，甚至奶奶家，讓我無辜的家人也受到連累。

「那個，永遠哥，能讓我睡一晚嗎？」

本來打算上午見面，和他一起待到晚上再回家，但現在是沒辦法了。第一次到人家家裡竟然就要求過夜，雖然知道是厚顏無恥的請求，但也無可奈何。

「哥，如果不方便，那我可以在附近找其他……」

「沒什麼不方便，你就住一晚吧。」

他一口就答應，反而讓我更不好意思，想想還是不該突然打擾人家，不然我乾脆去二十四小時的咖啡店或汽車旅館之類的好了，正想說出口時，哥哥比我快了一步。

「現，今天晚上和我在一起。嗯？」

他微微地歪著頭笑了。就算只是靜靜地看著對方，他的三白眼也令人畏懼，但此刻我只覺得小鹿亂撞，心慌意亂，迫不及待迅速回答。

「我當然願意，只要哥哥不介意。」

「現，你知道嗎？」

「什麼？」

「我，站起來了。」

完全沒有預料到的話語。他說的當然不是站哨或站立的意思。

「什麼？現在？在這裡？」

「我要整夜抱著你打滾，拚了命地頂你的每一處。馬的，住一晚算什麼，你乾脆就住在這裡別走了，哥哥買一百份披薩給你。」

「一百份披薩我吃不完……」

「那麼蘋果好了？買一百箱蘋果給你，你愛吃對吧？小兔子。」

「一百箱蘋果我當然吃不了！而且我不是小兔子。」

他咯咯地笑了，不由分說地作勢要捏我的屁股。我一手拿著披薩盒一邊掙扎著躲開。經過短暫的打鬧，看起來非常不滿的他和一臉不情願的我並排坐在客廳。

怕他又要說些莫名其妙的話，我迅速打開披薩盒蓋，剛做好的披薩香味四溢，烤得焦香味美，表面呈現恰到好處的褐色，光看就覺得美味。因為不知道哥哥喜歡什麼口味，撇除鳳梨和橄欖，訂了最基本的起司披薩，看他的樣子似乎並不討厭，真是萬幸。

「這裡沒事嗎？沒有奇怪的人找上門嗎？」

可樂瓶蓋一打開氣就沖了出來，我從廚房找到馬克杯，一邊倒可樂一邊問。

「不知道，大概被管理室先過濾掉了。」

「豪宅大樓的管理果然不一樣。」

我小心地倒可樂，一邊隨口回應。

「而且……」

「什麼？」

「我出院後就沒離開過這裡。」

倒可樂的手突然停止動作。我轉頭看著哥哥，他面無表情地俯視桌子，但我知道，在那看似冷漠臉孔下藏著多慘痛的傷口，可是我也只能裝作不知道。

「我們快點吃披薩吧，不然會涼掉。這也是我出院後第一次吃披薩，醫院的飯真的有夠難吃，是吧？」沒有生疏的安慰，而是咧嘴笑著催促他快吃披薩，就像剛才他若無其事關掉爐火和我說話一樣。

「很抱歉沒能請你吃好吃的。第一次約會，本來想帶你去有氣氛的地方。嗯……也不能說是約會啦，總之下次一定要去。」
「真的嗎？」
「當然，我們在學校時不是打勾勾說好了嗎？要吃很多美食、看美麗的東西。只是學校前面那間咖啡店現在是去不了了。」
冰冷的行政大樓大廳，矇矓的清晨天空，沿著道路排列的路樹，每一次呼吸會吐出白色的氣……一瞬間感覺好像又回到了那個時候。在已經逝去的嚴冬寒氣蛀蝕我之前，我迅速轉移話題。
「我查了一下，這附近有幾家不錯的咖啡店，也有那種在網路上以草莓蛋糕聞名，很紅的網美店，要去那裡嗎？總之有草莓的都去吧，我們就把今年春天上市的草莓都吃遍吧。」
哥哥像看到什麼新奇的東西似的，呆呆地看著我，不一會兒微微一笑。
「嗯，好啊，一定要帶我去。」
為了驅散寂靜打開電視，同時看了一下散落在客廳地上的 DVD。在無數的電影 DVD 中，大部分都是外國片，英文的就算了，有些還真不知道片名到底是什麼。
「永遠哥……」我哭喪著轉頭看了看哥哥。
懶洋洋靠在沙發上啜飲可樂的他噗嗤一笑。乍看之下還以為他喝的是烈酒，但青筋突出的纖長手上拿的卻是可樂。
可樂實在太甜了，我沒喝多少。
「電影好像很難懂。」
「好吧，小可愛。那要不要放倉鼠和松鼠的動畫片呢？」
「不用那樣啦。」
「一定很可愛。小小白白的，就像看到自己的東西一樣。」
真是令人哭笑不得，白我勉強可以承認，但是「小」實在令人無法接受。不過再這樣扯下去說不定會被他拉走，真的挑一部動物的動畫片來看。於是我趕緊提出新的建議。

「不如我們現在出去看電影怎麼樣？我重新訂票。反正這裡的 DVD 哥應該都看過了，我們還是出去看最新電影吧。」

「在外面和其他傢伙在同一個空間裡看電影？那我什麼時候才能摸你的屁股？」

「不摸不行嗎？不管是屁股還是任何部位都不能碰，在電影院那樣真的很沒禮貌。」

「你就坐在我身邊幾個小時，要我連屁股都不能摸？哪有這種事。」

「不只是電影院，在家裡也一樣，我們看電影的時候能不能專心一點？」

「嗯。要做嗎？」

「……」

他的人品果然隨時都讓我吃驚，但我不能說什麼，只得閉上嘴，這裡是他家，而我還得在這裡住一晚。

硬是找了一下，幸好有幾部有韓文字幕的 DVD。從中選了一片，是部好萊塢動作片。作為在第一次約會中看的電影，有點差強人意，但也沒有什麼更好的選擇。

關掉客廳的燈，開始播放電影。不愧是動作片，節奏緊湊，場景轉換得很快，螢幕上不同顏色的燈光填滿了昏暗的室內。拿起還有餘溫的披薩，融化的起司垂下，咬一口，一時忘卻的食慾又恢復了。

螢幕中的主角不但雙手舉槍左右開弓，還開車展開追逐戰，把建築物全部打碎，搞不懂是為了守護城市還是毀滅城市。隨著電影的進行，我們一時都沒有說話，我們倆都不是吃飯或看電影時會絮絮叨叨的個性。

不知道是因為太早起，還是白天在床上一番折騰，現在居然有點睏了。瞟了哥哥一眼，他凝視著螢幕，眼睛幾乎眨也不眨一下，電視螢幕蒼白的閃光沿著他面無表情的側臉輪廓流洩。不斷變換的影像反射、積聚在他烏黑的瞳孔裡。

第一次近距離觀察他的眼睛是什麼時候的事？好像是在宿舍裡慌忙中躲到某間寢室內，聽到有動靜時，哥哥抓住猛然想衝出去救人的我，把我壓制在床上的時候。

從那時起就這樣，他看我的目光總是怔怔的又帶著執拗。漆黑的眼裡浮動著難以捉摸的情感，彷彿看到這世界上最憎惡的人，有時卻又有種微妙的不捨。

我可以對其他倖存者敷衍了事，但對他可就沒辦法了，他炯炯有神的視線吸引著我。

「……」

他似乎感覺到我視線而轉過頭來，我們近距離四目相接。電影中傳出的爆炸聲、槍響、尖叫逐漸遠去。我突然有個念頭，現在我的瞳孔裡是否也像他那樣在黑暗中泛著藍光。

突然，一陣令人毛骨悚然的怪叫聲打破了寂靜。

「咯啊啊啊！」

這是想忘也忘不掉的聲音，因為每當快要忘記時，就會出現在夢裡，折磨我一整夜，我怎麼可能忘記呢？

「嘶！」

在頭腦思考之前，身體先行動了，像突然被刺激而發作一樣，手臂冷不防撞到了桌子，但即使這樣也不覺得痛。

哥哥也一樣，表情突然僵住把頭轉了過去。他反射性地摸索著旁邊，好像在尋找可以當作武器的東西。我們倆的視線同時轉向發出聲音的地方——掛在客廳牆面上的壁掛型大螢幕。

拿著機關槍的主角站在被壓扁的汽車上朝四周掃射，殭屍挨挨擠擠聚集在下方。那些死而復生、灰暗又腐爛的臉孔，彎曲錯位的手臂和腿，順著傷口流淌的膿水，因為精巧的特效技術，讓畫面看起來觸目驚心。

這部電影裡有殭屍？剛才只是隨便看外盒挑的，根本不清楚詳細的劇情內容。

接著場景變了，殭屍的叫聲消失了。但是我卻始終無法平靜，心臟狂跳不已，模糊的視野裡仍閃現慘不忍睹的景象。

這才想到剛才撞到桌子，原本放在桌子上的杯子都倒了，剩餘的可樂灑了出來。

「啊……哈哈哈。」

我不自然地笑了幾聲，除了笑，我不知道該作何反應。話說一朝被蛇咬，十年怕草繩，看個電影也能嚇成這樣，連可樂都弄翻了，就算被罵我也無話可說。

「很可笑吧？乍聽之下還真的以為是……聽起來好像。但那只是特效音而已，仔細想想，其實也沒那麼像。真是反應過度沒事自己嚇自己。」

「……」

「桌子都濕了，我馬上去拿紙巾。對不起。」

「鄭護現。」

他沒有罵我，也沒有嘲笑我。

「你不需要假裝若無其事。」

「……」

我好不容易製造出的笑容悄然消失了，為了掩飾慘淡扭曲的表情，投進他的懷裡。埋著頭像撒嬌似的，手臂環繞著他。他緩緩伸出手抱住我。

「哥哥沒事嗎？」

大螢幕還在播放電影，但是原本嘈雜的各種聲音漸漸都聽不見了，整個空間被我們安靜的呼吸聲填滿。他始終沒有說話。

我們的距離更近了，甚至可以清楚看到對方的睫毛。在螢幕透出五顏六色的燈光照耀下，我們互相凝視。

他的手摸索著我的臉，慢慢往下，輕輕抬起我的下巴，接著就像理所當然一樣，兩唇觸碰。

我往後倒在地上，哥哥跨在我上方。原本輕握下巴的手突然用力，接著用舌頭把我的唇撥開，伸進我口內。我們翻滾了半圈，換他在我下方，他怔怔地看著我，眼睛裡透著冰霜般的光芒。

我用一隻手撐著地板低下頭，怕硬邦邦的地板不舒服，又伸手小心翼翼托起他的後腦杓，歪過頭輕輕吻了一下，啾的一聲。

「……」

大大的手抓住我的腰，他短促地吸了一口氣，下一秒毫無預兆地撲了過來。

「嗯哼，呃。」

他的吻像要把我吞噬，我以為我的嘴唇會裂開，舌頭被拔掉。在我的臀部下面，他的生殖器迅速勃起。不知有多大、多結實，隔著褲子，我的臀部就覺得疼。

但是沒關係，我反而覺得開心，因為在這一刻，不需要擔心是不是惡夢，也不用害怕他的呼吸會停止。

我們都有藏在心裡沒說出口的痛苦，但兩人就像約好了似的，誰也沒有表露出來。薄薄的血痂下面還有未完全癒合的傷口，我們努力裝作若無其事。

現在沒有怪物覬覦我們的生命，也不再感到寒冷刺骨，但我們依然非常迫切地想要對方。

揉著發澀的眼睛醒來，光線從臥室內厚厚的遮光窗簾間透了進來。

轉頭一看，哥哥環抱著我，睡得很沉。

昏昏沉沉的精神稍微清醒了一點，這時我才想起，昨天晚上連一部電影都還沒看完，我們就一發不可收拾。電影情節早已不記得了，只記得從客廳的地板上到沙發上交纏著，然後進了臥室。印象中沒有用自己的腳走路的記憶，因此很有可能是哥哥抱著我進來。

把我折騰得精疲力竭，似乎還無法完全讓他滿足。他把我放在床上又再戰了好半天，全身每個角落沒有一處沒被他侵占過。

我拖著像被水浸濕的棉花般的身體去沖澡，腿軟癱坐在地上，哥哥射好射滿的精液順著大腿嘩嘩地流下。

我們直到了深夜才睡著。一張床上，一個枕頭各枕一半。其實與其說睡著，不如說我根本就是昏厥了。

靜靜看著哥哥，他面向我沉沉入睡。微微張開的嘴唇中間透出規律的呼吸，烏黑的頭髮散亂，隨意覆蓋在額頭和眉毛上。

抱著我腰部的手臂，和微光映射的臉頰，都因體溫而變得暖暖、香香的。

我似乎從未見過哥哥睡得這麼香甜，過去總是我比他先睡、比他晚醒。他在我睡著的時候，睜著充血卻銳利的眼睛，警戒著周圍。

現在熟睡的他和醒著時截然相反，看起來非常溫順，原來他也有如此平靜的表情啊，真神奇。看著看著心裡就暖暖的。怕打擾他，我連大氣都不敢喘一下，想讓他好好地睡個覺，因為他度過太多無法成眠的夜了。

現在幾點了？看外面這麼亮，至少不是凌晨。我該不會睡到中午了吧？想起昨天放在客廳的手機，得跟父母聯繫一下才行。

當學校發生病毒外洩事故曝光時，在老家的父母透過新聞快報得知消息，雖然急忙跟我聯繫，但因為我把電話關機了，連訊息通知的提示都無法顯示，所以完全不知情。雖然無法聯繫，但他們仍不斷打電話、傳訊息，始終懷抱著一絲希望。

那段記憶不僅對我，也對家人造成了心理創傷。在我安全獲救、接受治療後一直到現在，如果超過半天聯繫不上，父母就會非常不安。我也知道這一點，所以無論去哪裡，我都會定時跟他們聯繫。沒料到會睡那麼久，怕父母會擔心，我著急了起來。

屏住呼吸，我輕輕地脫離哥哥的懷抱，騰出來的空間涼颼颼的，我小心翼翼地替他蓋好被子。幸好沒有驚醒他。我努力不發出腳步聲，躡手躡腳走進客廳，渾身痠痛得要命。

客廳還是昨天的樣子。螢幕上留著昨天電影尾聲連工作人員名單都跑完的黑色畫面。剩下一、兩片涼掉的披薩，灑出來的可樂殘留在桌上黏糊糊的。這些要如何收拾呢？我忍不住嘆了一口氣。

要先聯繫家人。我撿起躺在沙發上的手機，先確認時間，一看到手機螢幕上的數字就放心了，上午六點半，現在還是大部分人在睡覺的時間。

媽媽

「玩得開心嗎？吃過晚飯了嗎？」

「有空的話也傳個訊息給你爸。」

鄭芝賢

「我們趁哥哥不在家吃了烤肉。」

（照片）

「一點都不剩～不留給你～掰掰～」

爸爸

「兒子，零用錢還夠用嗎？」

在未讀的訊息之間，家人傳來的訊息先映入眼簾，我不自覺地笑了。

〔昨天晚上和學長一起吃披薩、看電影〕

〔因為太累就直接睡了，沒有馬上回訊息，對不起〕

〔我會跟爸爸聯繫的〕

和那位學長在一起，怎麼可能只有吃披薩、看電影呢？還做了不忍心告訴父母的事，我覺得有點良心不安，懷著對家人說謊，與戀人外宿的不孝子心情按下傳送按鈕。

確認訊息傳出去後，我開始收拾客廳，但是每移動一步，刺痛就會傳送到腰部。我用濕紙巾擦了桌子，把殘餘的食物集中，再把披薩盒疊好。

收拾得差不多了，但找不到垃圾桶。

不好意思為了這點小事叫醒哥哥，我環顧空蕩蕩的屋內，輕輕打開臥室對面房間的門。既然哥哥說我可以隨便參觀，這樣應該沒關係吧？我只是想找垃圾桶而已，應該不算亂翻吧？我這樣合理化自己的行為。

「哇！」我不由自主地發出了短暫的感嘆。

就是這個房間，哥哥的工作室，在冰冷的空氣中，混合著黏土和石膏的味道。這間屋子的其他空間雖然有些空蕩蕩，但看起來至少還算是人住的房子，但這間就只是個工作室。

我不敢輕易入內，駐足在門口，透過半掩的門，看到昨天沒看到的東西。房間中央有一個巨大的雕塑，似乎還在製作中，但可以大致看得出輪廓。

是屍體。無數的屍體堆積如山，用各種塊狀物巧妙地表現下垂的肉體，粗糙的處理方式反而更呈現出毛骨悚然的感覺。每一個塊狀物的表面都透著瘋狂，這絕對不是平凡的技能，就連對藝術毫無造詣的我也看得出來。

有個人坐在堆疊的屍體上，一邊的臉輪廓相當細膩，但另一邊卻像磨損過一樣。從臉到脖子、肩膀，只有一邊的形態模糊不清。

這不是未完成，而是從構想開始就決定好的，刻意模糊掉半張臉。

我早已忘了原本進房間的目的，陷入了沉思。色彩和質感相同的黏土在表達上存在侷限性，哥哥到底想表現什麼呢？上面那個人又代表什麼？或許是……因為從後面照射進來的光太耀眼了嗎？

哐！一聲巨響傳來。原本看雕塑看得入迷的我嚇了一跳，反射性地回頭看了看。

「……護現，鄭護現！」

臥室的門被粗暴地打開，看起來就像快被拆了。哥哥靠在門框上大口喘氣，他的眼睛沒有焦點，剛才還透著淡淡光芒的黑髮不知不覺間被冷汗浸濕。

「你去哪了？你去哪裡了？」

他喃喃自語，踉踉蹌蹌地走出來。連站都站不穩，只是盲目地挪動腳步。

「永遠學長，我在這裡。永遠哥。」

我穿過客廳跑過去。他轉頭看我，眼睛裡失去理智，只剩下憂鬱和迫切。瞬間把我拉進懷裡，我來不及反應，一下子失去了重心。

我們交疊在一起倒在地上，後背和後腦杓一陣疼痛，還好沒把他壓扁，因為是我被壓在下面。好一陣子，一直保持這樣的姿勢，我呼吸困難，感覺到哥哥貼在我胸口的心臟像發瘋似的快速跳動，連我也喘不過氣來。

我費力地伸出手臂抱住他的後背，睡覺時不知流了多少汗，整個背都濕了。

「哥，這裡不是學校，是家啊。」

「……」

「記得嗎？我們昨天不是一起吃了披薩，還看了電影。」

過了一會兒他終於動了，緊盯著我，摸了我的臉頰、耳朵和手，又把散亂的瀏海撥上去，他的手微微顫抖。

「我以為在做夢。」聲音沙啞而低沉。

他一說完就緊閉著眼抱住了我，「我明明抱著你入睡，我還記得你一邊喊睏一邊鑽進我的懷裡，可是醒來你卻不見了，只看到他馬的天花板……和你在一起是做夢嗎？我以為我又、又……」

「以為又回去了嗎？」我說。

他沒有回答。沉默中，他的背部和胸口急促地上下起伏。他不用說我也知道。

當我因惡夢而痛苦的時候，連一把菜刀都握不住癱倒在地的時候，被電影特效嚇得魂不附體的時候，他總是不動聲色地安撫我。但是他絕對沒比我好到哪裡去，他不可能完全沒事。

「哥，回房間吧，回去再睡一會兒，我們一起。現在還不到七點。」

「……」

「剛才是我不對，不該一聲不吭就出來。對不起。」

「你不會再離開了吧？」

「對，我哪兒也不去。」

「鄭護現，你有膽就試試看。要是再隨便離開，就讓你看看我發瘋的樣子。」

他神經質地噗哧一笑，眼裡卻透出慘澹的瘋狂。

「與其再一次面對你的消失，還不如親手殺了你。就算死也要死在我面前……」

如果是第一次見到他，聽到這些惡言惡語，我應該會覺得很害怕，覺得這個神經病為什麼莫名其妙要對我這樣。但現在我明白了，明白他為什麼對我如此執著，所以我沒有把他推開，而是抱得更緊了。

「就聽你的。」

「嗚嗚。」

在睡夢中發出哭聲，從背後環抱著我睡的哥哥輕輕拍了拍我的肩膀，與平常的他毫不相稱的溫柔手法。因為他光看長相，會讓人覺得只要有一點吵到他睡覺，就會馬上被拉起來，摔到地上。

意識又再度斷斷續續、模糊不清。剛要入眠的瞬間，哥哥的手掃過我的腰，若說是安撫我好好地睡，又覺得哪裡好像不大對勁。但因為我實在太睏了，無法進行理性思考，也無暇管哥哥的手到底在幹麼，先睡再說。

我睡覺的時候習慣不穿長袖長褲，尤其是長褲，睡覺時會感覺腿老是被包著很悶。在自己家裡都穿短褲睡覺，在宿舍反正只有室友會看到，所以乾脆只穿T恤和內褲睡覺。今天也只穿了短袖T恤和內褲。在別人家叨擾，總不能厚臉皮要求準備睡衣吧，所以只得先借了哥哥的T恤穿，但短褲就沒辦法了。

一隻溫暖的大手爬上我光溜溜的大腿，細嫩的皮膚被手上的老繭刮得又刺又癢。他不止是摸而已，還肆無忌憚地深入內側，緩慢地揉捏肌肉。

我睡意矇矓發出呻吟，仰起頭來。

「啊——呃——嗯。」

「怎麼了，小可愛。」

「你在做什麼……」

「你不用管，儘管睡吧。這是我睡覺的習慣。」

他嘴裡說著，手也沒停止動作。什麼睡覺習慣，說話聲音明明那麼清晰。但我連反駁的力氣也沒有，決定還是繼續睡。

半睡半醒之間，原本輕輕揉捏大腿的手向後移動，沿著骨盆，一把抓住臀部。睡夢中的我全身放鬆，他手中握住的臀部肌肉也變得軟乎乎的。

「住手。」

我無力地搖搖頭抗議，頭碰到了哥哥的脖子，他好像等了很久似地，把手臂伸到我頭下方讓我枕著。

「就跟你說這是我睡覺的習慣啊。」

他的手在充分逗弄過臀部後，終於伸進內褲裡頭，同時原本枕在我頭下方的手臂也移動，把T恤掀起。用手掌揉搓整個胸肌，在手指之間夾著乳頭揉戳。還想說他怎麼突然這麼溫柔，讓我枕著他的手臂睡，結果原來是這樣。背叛感和委屈的感覺一湧而上。

「你快睡啊，別動來動去的。」

「那個……可以把手移開嗎？」

「就說是我的睡覺習慣，沒辦法啊。」

「摸胸和屁股，哪有這種……」

「睡覺習慣沒錯啊。」

什麼睡覺習慣，哪有這麼故意、毫不顧慮別人的睡覺習慣。心裡有氣，但是微張的嘴唇中間卻吐不出一句話，只有喘息和呻吟。

「啊！」

和半夢半醒的我對話完，他把內褲一側拉下，把手指伸進中間，他的食指在後穴上方使勁按壓。在睡意朦朧中呈現柔軟狀態的肌膚，不自覺緊繃起來咬住了手指。

伸入一節的手指又抽出，隨即再伸入兩個指節的程度。他的動作不急不徐，懶洋洋地，微微刺痛，但內壁太敏感了，他的手指關節輕輕摩擦，但我的背部和腰部都抽搐了。

「啊——呃——啊啊——」

「嗯嗯啊啊的不睡覺幹麼呢？快點睡吧。」

「這樣叫我怎麼睡……呃，你是故意不讓我睡的吧？」

睡覺途中老被打擾，讓我有點煩躁，試圖揮動力不從心的手把他推開。

「就是因為你在睡覺所以我才一直忍啊。」

哥哥抓住我的手，抱住了我。我側身以微微蜷縮的姿勢被困在他的懷裡，耳邊和脖子上都感覺到他的氣息。我的背和他的胸膛相連，每當他的手指往後穴伸入時，都能感受到肩膀肌肉的蠕動。

在後穴輕撓的手指又更伸入了。我吞了了口口水，剛睡醒狀態正好的身體現在開始發燒了，喉嚨裡一直想發出抽噎聲，但我咬住嘴唇勉強忍住。

細長的手指在後穴來回撓動，內壁變得溫熱，所以不怎麼疼。內壁肌肉反覆輕輕包裹住手指，然後再放鬆。我蜷縮著腿，香甜的氣息流動。

「現在只要把手指伸進去你就爽得要死嘍？」

「啊，啊，啊！」

「你看看，裡面都融化得黏糊糊的，隨便我捅哪兒都叫得這樣，真是太猥褻了，全身應該沒有其他需要我解放的吧。」

「不是那樣的。我才沒哭呢。」

「嗯嗯，我們護現沒哭嗎？那為什麼老二會站起來呢？還濕濕的啊。」

「啊，不是的……」

「還說不是，就算睡著我看只要頂一頂就蜷縮，然後流出來是吧。」

他把手指抽出來，用濕濕的手指輕輕地按壓著後穴皺皺的皮，然後將我的內褲拉到大腿，又重新插入。我不由自主地咬緊他的手指。

「我在睡覺……為什麼哥哥總是要騷擾我。男生睡醒起來這樣很正常啊。」話說剛睡醒，下體就充血，還被戳了很多敏感的地方，怎麼可能不勃起呢。沒睡飽心情頓時覺得委屈，閉著眼就啪地推開他的手臂。

「我要睡了，你不是要我快點睡嗎？」

他一時沒有說話，只感覺到他粗重的氣息。突然間，抱住我的手臂用力把我拉起，感覺得出來有點急躁。

「現，跟我做愛吧。」

下體緊貼著，他那凶惡的大根頂在我的褲子上不停撞我的臀部，結實粗壯讓我覺得疼，甚至懷疑尾椎骨下面該不會瘀青了吧。

「你在睡覺的時候我就想上你，馬的……我差點就要瘋了。我要把我的鳥釘在你身上。開始吧，嗯？」

他用手臂摟住我的腰，下體連續不斷地又揉又頂，就像發情的野獸一樣。我的內褲被脫掉了，而他還穿著衣服，這感覺有點像是在做性交易。

「等一下，永遠哥，夠了。」

一向用淫言穢語先逗弄我，讓我從頭到腳融化得軟綿綿地再吞噬我的人，為什麼這麼急躁？慌亂之中總覺得有異樣，忍不住睜開眼睛回頭看。

哥哥的眼睛裡一點睡意也沒有，眼白上布滿淺淺的細血管。之前把他帶回臥室，確認過他乖乖閉上眼睛我才睡著的，但看來他根本就沒睡。不，應該是無法入睡吧。看著躺在同一張床上睡到翻的我，不知他都在想什麼？

我把手往後伸，碰到他的運動褲褲腰，哥哥好像等了很久似地吻了一下我的手臂。像是怕我無法脫掉褲子，他抓著我的手腕移動，順勢把他的褲子拉下。接著扯掉被飽脹的生殖器繃緊的內褲。他的分身好像等得不耐煩似地彈了出來，碰到我的臀部。

「等一下、等一下，慢一點。」

為了接下來的深入，我將臉深深埋進枕頭裡。他的肉棒在後穴中滑了幾下，充分濕潤後，似乎瞄準了某個點隨即用力推進。我不由自主發出呻吟。

「呃——」

他的陽具進入的瞬間，我下意識屏住了呼吸。即使經歷過幾次，但一直很難適應。當強行撐開狹窄的骨盆，將性器用力插入時，全身都會感到痠麻的疼痛。我們兩人的骨頭都夠硬，每次在翻雲覆雨纏綿之際，骨頭也因不停碰撞而疼痛。但是我每次都臣服於哥哥的魅力中，也許是後來居上的快感讓我不知不覺上癮了。

濕熱的體內肌肉包裹著他大根的前端，之後便輕鬆一點了，每當肉棒在緊縮的內壁中好像無法深入時，他就會輕輕動一動腰，連帶刺激內壁肌肉，慢慢推進。

剩下最後一點睏意已煙消雲散，不急不徐的快感和溫暖的被子觸感混合在一起。我突然有點混亂，一時分不清是現實還是春夢。哥哥抓著性器的根部調整插入程度，就在快插進去時突然摟住我的肩膀，然後奮力一頂。

「嗯啊！」

他的胸膛緊貼在我的背上，嘴唇不住親吻我的肩膀，他的小腹也在使勁，這一點點小動作都讓我感覺好神奇。我微微仰起頭，腳後跟用力壓著他的小腿。他的肉棒在我下腹部內延伸到極限，隨心所欲地動著。

「現啊，你……」

一隻溫暖的大手包覆在我小腹上，不僅如此，還輕輕按壓他陽具進入的位置，一瞬間我差點喘不過氣來。

「啊！」

「你這裡鼓起來了，是我的鳥嗎？」

「我不知道……」

「這下可糟了，是瘦了嗎？肉都少了許多，這樣下去，鳥的輪廓都要顯現出來了。」

他連連壓著我的小腹，感覺和按壓心口及其他地方不同，再壓下去，我怕連內臟都要炸開了。

「不要這樣，我會死的，啊啊！」

「感覺快死了嗎？喜歡嗎？」

「呃，不……啊，啊，啊！」

「是啊，如果很喜歡的話，是會欲仙欲死沒錯。」

本來想否認，但是呻吟先爆發，什麼話都說不出口。哥哥泰然自若，把頂到深處的性器輕輕移動，然後動作逐漸變大。他每頂一次，我的小腹裡就一陣酥麻。怎麼也控制不住地呻吟，眼淚在緊閉的眼眶裡打轉。

「現……喜不喜歡永遠哥？」

「永遠哥？」

「嗯。」

「喜……喜歡……好喜歡……」

「那你說，『親愛的，我喜歡你』。」

「親愛的，我喜歡你……真的，好喜歡你。」

「嗯，親愛的，我也喜歡你……」

這一句話刺激了哭點，眼淚順著太陽穴簌簌流下。

他用一隻手握住我的性器，時不時碰觸腰部。每一次呼吸時，都切切實實地感受體內頂到了極致。在纏綿之際奇怪的是我眼睛總是閉著，但臉頰碰觸的枕頭、哥哥的呼吸聲、撫摸我小腹和腰的手，都讓我心情愉悅。

耳邊不時傳來哥哥壓抑的呻吟，他也抑制不住興奮。他的興奮點燃了我，而我的呻吟又激起他的興奮。在被眼淚浸濕的模糊視野中，透過窗簾縫隙，看到早晨的陽光和飄在空中細細的灰塵。

寧靜中快感越來越明顯，間歇流動的東西讓我的分身也蠢蠢欲動。這是一切的前兆，哥哥敏銳地察覺到了，用大拇指壓住我的性器前端，尿道好像要爆炸了。

「呃！」

「現在要射了嗎？要不要再等一下？」

「不……不行……快。」

不想再多說廢話，只想說快一點讓我解放。但喉嚨說不出話來，只有各種粗重的喘息聲。

「不要射？要我再弄久一點？」

他故意曲解我的意思，我流著眼淚連忙搖了搖頭。

「瞧你這副苦苦糾纏的樣子，好、好。小可愛啊，哥哥知道了……哥哥會幫你，免得你忍不住先射了。」

哥哥無視我的抵抗，轉頭親吻了我的眼角，我難過得眼眶發疼。他一手抓住我的大腿抬了起來，雙腿被迫分開，後穴毫無掩飾的露了出來。動作突然變得粗野了起來，啪！啪！啪！兩股間連連被撞擊，肉棒反覆抽出再插進去。

內壁麻酥酥的。我掙扎著用腳尖亂踢，床單都被踢到一旁，他的手還本能地搓著我的分身。我的眼淚沒有停止的跡象，也聽不到自己發出什麼聲音，被抓住懸空的大腿像觸電一樣瑟瑟發抖。

「我會死的，我真的會死的。啊！哥……親愛的，拜託……！」

他握住我熱源的手始終沒有放開，就在我覺得真的快斷氣的時候來到了高潮。一瞬間眼前一片黑，什麼也看不見。他的性器使盡全力往我的臀部推進，內壁最深處彷彿傳來「砰」的一聲，從體內爆發出強烈的快感。

「喝！啊！喝！」

被他握住的生殖器顫動著，我咬著牙抽噎。可能是想射精卻被阻止，高潮持續的時間很長，長到讓我害怕。腿不停掙扎，腰不住扭動，我用指尖不斷抓著哥哥抱著我的手臂，嗚嗚地哭泣，但怎麼也感覺不到要結束的跡象。沒有出口宣洩的精液和殘餘的快感在體內混合，盤旋著久久不散。

他把大根推到不能再進去為止，內壁感覺被塞得滿滿的。後穴、小腹，甚至到胸口都像裂開一樣的疼。這樣下去，我怕他的肉棒真的會鑽到我的心臟。

就在這樣的狀態下開始射精。在我體內的熱源蠢蠢欲動，那是之前數次翻雲覆雨都幾乎未深入的地方，他在那裡頭射精。我胸口一陣噁心，腦中突然浮現一個想法，要是我乾嘔的話，說不定精液就會被我嘔出來。

哥哥很快地抽出，深入腹內的陽具強行掙脫內壁的包覆退了出來。前端抽離的瞬間，哥哥的生殖器彈了一下，直挺挺地，光滑濕亮。

還沒結束。

「轉過來躺下。」哥哥說。

「……」

我一時沒有聽清楚，氣喘吁吁地看著前方的臥室牆壁。

「沒聽懂嗎？你這傻乎乎的小東西真是太可愛了，只會哭個沒完沒了的。」

身體被抬起來然後又躺下。剛才還背對著哥哥側躺，現在眼前是天花板。

我全身無力，雙腿張開。就連精液從敞開的後穴嘩嘩流出，我也只能靜靜地躺著。他抓住我的分身前端，拍拍我的大腿內側。

「要張開就給我好好張開。」

射精的餘味猶存，他發燙的臉微微一笑。我不自覺縮起腿想往後退。

「該不會又……又要了吧？」

「怎麼？你還沒射啊。」

「沒關係，我不用了。」

「不，怎麼可以，你的老二脹得這麼厲害，你不是憋得都哭出來了嗎？」

哥哥俯視著我，慢慢逼近，身旁的床墊被壓得塌陷，一道陰影籠罩在我上方。

「我真的沒關係……」

「什麼？沒關係嗎？」

他毫無預警一把抓住了我的性器，我的分身因為想射精卻射不了而變得過於敏感，光是棉被擦過就麻酥酥的，被他這一抓怎麼得了。

「啊！」

「真的沒關係嗎？真的嗎？」

他的大拇指在陽具濕潤的前端上蹭啊蹭。即使只是一點點細微的小動作，我也眼冒金星。

「不，有關係。現在仔細想想，實在很有關係。啊，等一下……拜託你……」

「是嗎？有關係嗎？」

哥哥一臉早知道會這樣似地笑了，我無話可說，實在很想抬起腳踢他一下，但我忍住了，我可不是怕他把我的生殖器捏爆才沒動腳的喔。

他把我的一條腳架在他結實的肩膀上，歪著頭吸吮大腿上那道細細的傷痕，那是在廚房拿刀時不小心掉落劃傷的。我低聲呻吟著閉上了眼睛，下體稍微消退的熱氣再次升溫。

雖然雪停了、冰融了，但在我們內心仍殘留著冬天，被血和腐肉及惡臭玷污的冬天。

然而我們太迫切了，不知道如何才能驅散殘留在心中的寒氣。這樣傷痕累累的愛情是第一次，所以連互相擁抱的方法都不知道，只會在尷尬的沉默中對視，毫無理由的鑽進對方懷裡，追求盲目的快感，直到不再想起那一切為止。

我這才稍微明白，為什麼哥哥即使在感染者熙熙攘攘的運動場中、在堆滿屍體的倉庫裡，仍像沒有明天的人一樣渴求性愛。

但是冬季總有一天會結束，就像他終會擺脫永遠的聖誕節一樣。

「哥，準備好了嗎？要出門了嗎？」

我話剛說完臥室的門就打開了，哥哥沒有回答，而是直接現身，他身穿針織衫和長版毛織大衣，與平時的裝扮截然不同。我沒想到他有這類型的衣服，當然，我不是說像面試或婚喪喜慶的場合，哥哥也隨便穿一穿就去了，只是親眼看到還是覺得陌生。

時尚的完美詮釋來自身型，他穿運動服或簡單的T恤就很帥氣，但是穿上這種幹練的服裝，更突顯他又高又瘦的身材。耳朵上充滿頹廢美的耳釘和簡潔利落的服裝看似不同調，搭配在一起卻又意外的合適。

「怎麼穿大衣了？」

過頭去。

「不喜歡？」

「不，我喜歡，這樣很帥。但是哥哥不是不愛穿這種衣服嗎？」

「第一次約會嘛。」他若無其事地回答。

這是我強調過無數次的話，但奇怪的是聽了居然會臉紅，為了不想被發現，只好故作鎮定地別過頭去。

「我已經訂好餐廳了，我們坐計程車，只要一會兒……」

「為什麼要坐計程車？」

「什麼？」

哥哥問道，讓我不禁回想自己是不是講錯了什麼？

「除了你，我不喜歡和別的傢伙關在狹小的空間裡，光想就他馬的受不了。」

他眼睛眨也不眨一下，毫不客氣地否定了全國的計程車司機。我馬上放棄計劃。是啊，他對一點小事也敏感刻薄，這也不是一天、兩天的事。

「那我們要怎麼去？」

他把一直插在大衣口袋的手伸出來，指尖上掛著黑色的車鑰匙，我一看到就愣住了。

「車就停在下面，走吧。」

「等等，哥？」

「什麼？」

「你怎麼不早點說你有車。要是早知道的話，我們昨天就來得及去看電影……」

「我幹麼要跟你講？」他板著臉回答。

我一時感覺洩了氣，苦惱了好幾天，猜想哥哥會喜歡什麼樣的電影，一再確認放映時間表，預訂了最好的場次和最好的座位。就連在跟哥哥纏綿之際，我也為了電影而戰戰兢兢。我為了和哥哥一起看電影而付出的努力全都白費了，全身虛脫連發怒的力氣也沒有。

「與其和你坐在一起，卻只能像人形立牌一樣盯著螢幕，還不如把那個時間拿來咬你、舔你，跟你在床上打滾，幹麼還要去不能摸你屁股的電影院？」

我完全聽不進他的話，只是悶悶不樂地喃喃自語：「電影票……我的努力……」

「我再買一百張電影招待券給你，還可以買超大螢幕電視給你，你喜歡看什麼電影 DVD 我都買給你。啊，對了，還要買一百箱蘋果，餵我們的小兔子吃。」

一百箱蘋果又登場了，正想要抗議我不是兔子的時候，他又自顧自地補充道。

「昨天就只是特別想和你在一起。只有你和我兩個人。」

我的心震了一下。我們不再爭論，決定出門。在玄關穿鞋時突然瞄到一旁的東西，那是我昨天來的時候隨手放置的購物袋，就在鞋櫃旁邊。

「啊。」

這才想起，除了花束，我還準備了別的禮物。昨天怕被他嘲笑，所以先裝作沒這回事放在玄關，現在好像到了該給的時候。

「永遠哥。」

站在門口的他回頭看，我急忙打開印有男裝品牌標誌的購物袋，把裡面的東西拿出來。

「這個……」

「是什麼？」

「圍巾。」

圍巾的設計很簡單，整體是深藍色，只有末端稍微加入了灰色圖案。我知道哥哥喜歡穿黑色的衣服，覺得如果可以搭其他顏色的圍巾也不錯，所以就買了。

但是他卻沒什麼反應，面無表情地歪著頭問道：「為什麼要送我這個？我又沒過生日。」

「因為我想送你。因為我們在交往，所以送個東西不為過吧？」

「交往？我們？」

他直覺反問，而我愣住了。

「不是嗎？」換我問道。

我的腦子裡一片空白，根本不知道自己在說什麼，語無倫次。

「我……我以為我們已經算是在交往中了……那個，我的意思是……因為我向你表白說我喜歡你，我們有接吻，而且還……」

我說著說著感到一陣苦澀，再說下去，感覺只會讓自己顯得更不堪。我不知所措連連眨著眼睛，連睫毛都在顫抖，不知道該把視線放在哪裡，只好盯著地面，努力裝笑臉。

「對不起，是我自己誤會了。」

一直怔怔看著我的他突然說：「那麼，不是交往嘍？」

「……什麼？」

「那我們一直以來在一起做的事又算什麼？護現啊，我不是把舌頭放進你嘴裡每一處都舔過，還吸了你漂亮的乳頭、摸透你的屁股，還操了你不是嗎？你是在玩我嗎？現在脫離學校，你覺得不用再繼續了，所以想玩完就把我甩了嗎？」

粗俗不堪的字句讓我聽得頭昏腦脹，不，還有更扯的問題，被無情地拒絕的人明明是我，為什麼在他口中我卻成了想始亂終棄的壞人？這太奇怪了，必須立刻更正誤會。

「不是的！我一次也沒有那樣想過，絕不是那樣的。」

我連忙辯解，突然在眼前俯視我的他，彎彎的眼睛透著笑意。

這才醒悟過來，我又被他戲弄了。

「呼——嗚——」

緊張的感覺一解除，悲傷就湧了上來，眼眶熱熱的。居然拿這麼嚴重的事來捉弄人，這個哥哥實在太壞了。

「為什麼……為什麼要取笑我？哥太過分了……」

眼前頓時模糊了。其實我的哭點沒那麼低，相反地，經常是當別人因情緒而哭泣時，我會在旁邊用尷尬的笑容安慰對方。但是不知為何在哥哥面前卻動不動就掉淚，感覺自己像是手一揮就出水的感應式水龍頭，不禁覺得羞愧。

「又要哭了，看你臉色蒼白眼睛發紅，你老實說，你不是人，是小兔子沒錯吧？」

哥哥抱著我輕輕拍了一下，他懷裡有一股淡淡的香水味，是非常適合他的清爽香氣。他撫摸著我因哭泣而微微顫抖的臉頰，用大拇指擦去眼角欲滴落的淚水。但是身為一個成年的健康男子，為了維護最後的自尊，我咬緊牙忍住不掉淚。

「你……真的很壞。」

「嗯嗯，對不起，現啊，是我錯了。哥哥太壞了，可是你慌張的樣子太可愛了，才跟你開個小玩笑。」

他馬上就向我道歉，溫柔隨和，不過這或許是因為習慣了他犀利、強勢的樣子，所以覺得現在眼前的他特別暖。

「怎麼？開個玩笑還是氣不過？要打我嗎？來吧。」

他把臉頰湊到我面前，真是令人無語，好不容易忍住的眼淚就快流下去了。

「打到你消氣為止。打到見血也沒關係，你想打多久就打多久，只要你別討厭我。」

「不行，我絕對不會那樣做。」

「為什麼不行？」

為什麼不行？這是什麼問題啊？

我毫不考慮地回答：「我喜歡哥哥啊。誰會隨便打自己喜歡的人。」

「……」

也許是意料之外的回答，他呆了一下，過一會兒才喃喃自語道：「真神奇，你怎麼會喜歡我？鄭護現喜歡我？」

「是啊，我自己也不敢相信。」

委屈仍未消，我沒好氣地頂回去，他充滿笑容的目光緊盯著我。

「是啊，小可愛，我們是在交往吧？在交往沒錯吧？」

「不知道、不清楚。反正我就像某人說的傻乎乎的，我不知道。」

「不要這樣啦，嗯？」

「如果你買好吃的給我，我會考慮一下。我不是為了討好哥哥，還買了花和圍巾嘛。」

他注視著我，突然放聲大笑。閉著嘴面無表情的狠樣，一下子融化成笑容。

「知道了，我們漂亮的護現要我買好吃的，我當然要買嘍，」

「你要做好心理準備喔，我食量可是很大的，一餐要吃兩碗，不，可能會吃三碗飯喔。」

「好，你一定要多吃點。你應該多吃點。」

「什麼？」

「那些臭傢伙到底對你做了什麼？害你屁股都沒什麼肉，操你時喊疼。肚子也變得更瘦了，鳥一放進去就鼓起來……」

「啊！」

就像事先準備好似的，淫言穢語接連不斷說出口。我反射性地發出一聲尖叫，好不容易捂住他的嘴，直直盯著他的眼睛說：「我們吃完飯馬上去吃甜點。草莓蛋糕、果汁和馬卡龍我都要。就算你說吃飽了或吃不下也沒用。」

「好，我們護現說好就好。」

哥哥點點頭，敷衍地回答。我把圍巾圍在他脖子上，橫劃過脖子的疤痕映入眼簾。

「現在還很冷，還是早春的天氣啊。」我說。

他像聽話的孩子一樣點點頭。

「直到天氣變暖、春天完全到來前，你要一直圍著。」

「嗯，知道了。」

我輕輕笑了笑，把圍巾打了個結。現在已經看不到疤痕了。

終於準備出門，但不知為何他在開門前猶豫了一下。

我搶上前打開門，響起了密碼鎖的解鎖音，我走到外面。隔著門，我站在走廊上，他還在玄關內，就像我第一次來到這裡一樣。

走廊上明亮的燈光從我的背後照射，屋內的燈都關了，所以感覺格外明亮。

「永遠哥。」

我伸出手。

「我們走吧。」

他愣愣地看了一會兒我的手，猶豫的時間並不久，滿是傷痕的手隨即用力握住我的手。他走出來，門在他身後沉重地關上了，就像結束一場漫長的惡夢。

（完）

番外 2 ▽

只屬於兩人的聖誕節

「奇永遠，祝你生日快樂！這可是充滿真心誠意的，所以你就乾了吧。」

啤酒杯遞到我面前，裡頭不知到底混合了多少東西，顏色混濁不清，漆黑一片，剛才還看到有人倒入了能量飲料和洋酒。

「拿走，是想看我翻桌嗎？」

我把杯子推開，但那群醉意十足的傢伙卻在興頭上，平時這種時候早就被嚇跑了，但現在反而仗著氣勢哇哇叫著起鬨。

「你知道的，生日酒要一口乾啊。」

「這種程度已經算是貴族等級了，還記得永範生日的時候嗎？他那杯酒可是加了洗毛筆水的。我們還怕他會被送急診，提心吊膽了好一陣子呢。」

「你今天不是沒喝多少嘛，我們都知道你是在等這一杯啊，小子。」

我一臉不耐煩地瞪著說話的那個傢伙。他雖然有點嚇到，但並沒有退縮，轉過頭去裝作在講什麼祕密似地卻故意大聲嚷嚷。

「這小子都是因為脾氣不好才交不到女朋友，真可惜長得人模人樣的。」

「上次不是有個女的，金屬雕刻課結束後想跟他要電話，結果奇永遠只看她一眼，她就嚇得連聲道歉逃走了。」

「如果不是聖人君子或菩薩，是無法承受的。那傢伙說的話聽了要能一笑置之才行。」

「這世上哪有那種人啊？喂，奇永遠，萬一真遇到那種人，記得先確認一下，他背上是不是有翅膀？」

聽他們在當事人面前也肆無忌憚地大說閒話。我用指尖緩慢地在生日酒的杯口邊緣繞啊繞，心裡想著實在聽不下去時，就把杯子砸在那些傢伙的臉上。

「不過永遠啊，上次不是有個開超級跑車來接你的姐姐呢？大家都傳遍了，你是不是跟貴婦交往啊。」

「所以說，喂，就趁這個機會說一下吧，真是好奇得快受不了了。」

「我就知道這傢伙總有一天會惹事。不過若是奇永遠正常地和同齡人談什麼純純的愛，這也說不過去。」

「聽說那個姐姐很正啊？身材超級棒，從頭到腳無一不是名牌，還以為是什麼女藝人呢。」

那些傢伙邊說邊用手在半空中勾畫身材曲線，還咯咯地笑。他們腦袋裡的東西和行為都膚淺到不行，看著那副嘴臉，我終於啪地把酒杯扔出去。

「那是我媽！」

「……呃？」

「什麼？」

我咬著牙，一個字一個字地說：「我說她是我媽。你們這些下三濫的傢伙。」

空氣降到冰點，一片沉默，就像被潑了冰水一樣。大家面色如土，張大著嘴看著我，表情就像酒醒了一樣。

經過長時間的寂靜，終於有人結結巴巴地開口了。

「嗯……呃，那個……對不起，真的對不起。」

「呃，你母親……我是說身材……不是，身體很硬朗……哈哈。」

「我祝福伯母萬壽無疆……你也要孝順她……」

我的忍耐到了極限，拿起桌上的酒杯，嘩嘩地倒在一桌的下酒菜上。

自此之後氣氛就降到冰點，大家都偷偷看我的臉色，不敢再說話，就連酒也走味了。

將近凌晨時，有個同學打電話找人來接回校，是個陌生男子，一臉疲憊，穿著邋遢，戴著厚厚的高度近視眼鏡。

「哥，您來了，聽說您今天通宵趕論文，看來進行得蠻快的啊。」

「不知道，我隨便收拾一下就出來了，現在應該還在跑資料。看你們還玩通宵啊，不累嗎？還是因為你們都是年輕人啊？」

不只是我沒見過他，其他人也一樣，大家都滿臉疑問。

「這位是誰啊？」

「同寢室的大哥是研究生，專攻什麼分子？還是DNA？總之是研究有關病毒之類的東西。」

「喔，是理科碩士！」

「包包的帶子好長啊！」

因為是平時不大會接觸的人，所以大家都很興奮地歡迎他。

這是藝術人的特徵，可以彷彿把全世界的憂鬱都積在心底，然後又會因為一些小事馬上心情變好，像瘋子一樣瘋狂。

「學長，初次見面，喝一杯吧。」

有人藉著酒精的助興大膽地搭著他的肩。

面對近在眼前的酒杯，男人笑著說：「不行，我開車來的。要喝也得回去再喝。」

「哇，您有車啊？」

「你們都沒車吧？學校那麼偏僻，這個時間要叫車也不容易。」

我雖然有車，但並沒有開到學校。因為待在和修道院沒什麼兩樣的深山裡，感覺沒必要開車。

那男人拿著車鑰匙指了指外面說：「走吧，我送你們回去。」

全場歡聲雷動。

「哥，回學校再喝一杯吧，可以嗎？」

「回去把車停好，和我們再續攤吧，相逢即是有緣啊。」

「今天有人過生日，一起慶祝吧。」

「聖誕節一個人待在房間裡很沒意思啊。」

「可是我跟你們大多數都是第一次見面，這樣突然插進來怕有人會不會不自在啊？」男人說著，視線來到一臉不自在的我身上。其他人極力裝作沒看見。

「哎呀，沒有那種事。」

「是啊，我們一見如故，我最喜歡跟剛認識的人一起喝酒。」

「哥也沒和美術系學生一起喝過酒吧？擇日不如撞日，就趁這個機會吧。」

苦惱了一會兒的研究生用手抬了一下沉重的眼鏡，終於點了點頭，他甚至還拿出信用卡付了帳，頓時充滿歡樂氣氛。

前後排都塞滿了健壯男子的汽車在公路上行駛。前一刻還在鬧區的繁華街道上，但沿著國道朝學校方向走，卻像謊言一樣變得一片寂靜。也是，這個時間會在路上遊走的生物應該只有蟲子和野生動物。

「對了哥，酒呢？是不是應該再買點？」

「嗯？沒關係，有酒有酒，實驗室旁邊的休息室裡有。」開車的研究生注視著前方回答道。

「有多少？」

「這個嘛？一箱能裝幾瓶燒酒來著？我們都是以箱為單位購買的，所以不大清楚。」

「哇，瘋了，不愧是研究生，出手就是大方。」

喝酒喝得滿臉通紅的同學懷裡，抱著印有便利店標誌的塑膠袋，裡面有魷魚乾和堅果等下酒零食。和這群渾身散發酒味的傢伙們擠在一起時，讓我感到厭煩，一路上我只看著窗外。終於到校門前了，被陰森森的黑暗淹沒的大門從旁一閃而過。

又開了一會兒，車子停在實驗大樓。對於經常待在藝術館，偶爾去其他系教室的美術系學生來說，幾乎沒什麼理由會來這裡。

研究生在門口拿出卡片，解除保全系統。

「我們就這樣進去沒關係嗎？」

「現在實驗室裡一個人都沒有，下班時都把門鎖上了。反正我們偷偷喝一點，天亮前再收拾一下就好了。」

「一般研究生不是常常為了做實驗留到凌晨嗎？我聽其他念研究所的朋友說，常常熬夜。」

「再怎麼說教授還有一點良心，不會讓人在聖誕夜通宵的。」

「是嗎？那哥的教授呢？」

「我們的教授？他連最後一點良心都沒有，真是令人敬佩啊。」研究生恨恨地嘲諷。

大家壓低了聲音，小心翼翼地走著。

研究生熟練地走到漆黑的走廊盡頭，打開了休息室的照明。

「就是這裡，進來吧。」

休息室內彷彿反映了研究生們的心理狀態，疲乏無力。沾有污垢的舊型淨水器讓人不禁擔憂過濾器上會不會有蟑螂；垃圾桶裡裝滿了吃完的泡麵碗和便利商店的便當盒。但看到角落裡堆滿了燒酒，眾人忍不住讚歎。

「大哥大姐們課業壓力很大啊。」

「我們的學習年資太短了，根本就追不上你們啊。」

「呀，正因為這樣人才要努力學習啊。果然是萬能碩士、萬事通！」

「欸，你們現在是在逗我嗎？」

大家笑得開懷，休息室中間的桌子上擺滿了燒酒、零食、餅乾，酒味很濃。

我背靠著沙發坐下，為了躲避刺眼的日光燈而閉上眼睛，用力按壓眉間。

我已經開始頭疼了。

又是那個夢。

頭一陣一陣的脹痛，感覺快要炸了，難道是在夢裡感受到的頭痛成了現實？

因為低血壓，每天早上起床狀態都很糟糕。再加上生性敏感，睡醒後神經會變得更敏銳，心情也會受影響，尤其是創作到一半打盹醒來時更是。

因此在選課時，只要是上午的課都不考慮，但是如果是必修課就沒辦法了。通常我會把黑色連帽衫的帽子拉起，滿臉凶相走進教室，坐在最後一排，一下課就馬上出去。

在經歷過永無止境的聖誕節之後，加上失眠，越來越害怕夜晚、害怕睡覺。被惡夢折磨，勉強醒來睜開眼睛看到天花板的那一瞬間，我都會有錯覺，心想是不是鄭護現死了，而我又回到了聖誕節的早晨？是不是又得再重複那些鳥事？在恐懼中顫抖，真想乾脆死了算了。

我慢慢睜開眼睛，心想又要煩躁，非常煩躁……但看到眼前的情景，心裡的煩躁慢慢消散了。

鄭護現在我懷裡安穩地睡著了。和我同蓋一條被子、穿我的T恤當睡衣。明明是用同一種洗衣精和柔軟精，但奇怪的是衣服穿在他身上卻散發出陽光的味道。這樣又小又軟的東西，去別的地方卻被叫哥、叫學長？想想就覺得好笑。

現在鄭護現住在我家。

從今年夏天開始，鄭護現等身體一恢復就準備轉學考試，到處打聽補習班、參加說明會，忙得不可開交。

他的父母在經歷過那次事故後表現出過度保護的傾向，擔心鄭護現每天在外奔波會發生什麼危險，認為與其每次都要長途跋涉到首爾，還不如就讓他住在這裡，與對整個事故很了解，也理解他的心理創傷、值得信賴的人一起。

他們似乎認為我和鄭護現是一起從活地獄中倖存下來的同伴，把我當作是多次救過兒子的恩人。但我對鄭護現來說，真的是值得信賴的人嗎？如果他們知道了真相，可能會比任何人都憎恨我、厭惡我。

我拒絕鄭護現支付房租和生活費，反正我也只是住在沒有家人的房子裡。媽媽出國時懶得處理房子就放著，而我也不缺錢，所以不想拿他一分一毫。我認為還不如讓鄭護現躺在床上，哭得梨花帶淚，讓我盡情舔他、吸吮他比較好。

和他在一起，生活改變了很多。

床上多了一個枕頭，我的牙刷旁邊插上他的牙刷。因為衣服一起洗，所以常常搞混。但我不僅沒有感到不高興，反而覺得很奇妙，以黑色為主的我的衣服之間，出現了米色、天藍色、薄荷色的衣服。

「呃嗯……」

鄭護現像沒斷奶的小狗一樣發出呻吟，伸了個懶腰，今天睡得比平時還久，但看起來仍絲毫沒有想醒的跡象。轉學考報名剛截止，接下來就要面臨筆試了，每天都非常緊繃，當然也很累。

和他生活後最大的變化，就是我不再害怕做惡夢，不會再中途醒來呆呆地盯著昏暗的天花板睜眼到天亮，取而代之的是看著鄭護現熟睡的臉龐，這成了我的新習慣。

鄭護現睡覺的習慣和他的長相一樣乖順，不管是直躺還是斜躺，都會維持躺下時的姿勢一直睡到早上，怎麼看都看不膩。

他像孩子一樣微微張開嘴酣睡的樣子很可愛，褐色頭髮隨意散在枕頭上也很可愛。

如果把手指放在他微開的嘴唇中間，他會不自覺的蠕動，那也很可愛。沒想到二十幾歲服過兵疫回來的小男生睡覺的樣子這麼可愛。

我摸摸熟睡的鄭護現的臉頰，用指尖戳了軟乎乎的腮幫子，然後像抓糯米糕一樣掐他臉頰。看他到處奔波辦事，累得提不起精神，應該讓他再多睡一會兒，但那樣做的話，我心情會不大好。

鄭護現雖然已經成年，但臉上還有像嬰幼兒般的絨毛。這個年紀的男子別說絨毛，臉上不是鬍鬚就是痘疤。或許就是因為這個原因，我每天都要把他攬在懷裡，把他全身上下都吻過、吸吮過，一點都不覺得膩。

「……」

臉頰被掐讓鄭護現直覺皺起了眉頭。醒著時觀察我的臉色嘻嘻笑的，睡著時還會自己發脾氣，真是可愛又好笑。

他不滿地嘟起嘴唇，勉強睜開了眼睛，睡眼矇矓地看著我。

我這才放開掐著他臉頰的手。我沒怎麼用力，但他白皙的臉頰已微微泛紅。他似乎還迷迷糊糊，呆呆地環顧四周，然後把手伸向床邊的桌子。

天氣變冷後，我家臥室床邊桌總會擺著橘子。鄭護現訂整箱的橘子，每天都拿幾個擺出來。但他不喜歡酸甜的東西，除了蘋果也不大愛吃其他水果，為什麼會這樣呢？

他回答說：「哥哥早上起床後不是會低血壓嗎？不管是把你搖醒、用鬧鐘吵醒你，或是大聲叫醒你，你一定會很煩躁。我妹妹也是這樣，因為低血壓和貧血，所以醒來時就給她吃一點水果或軟糖，這樣自然而然就會清醒了，也不會覺得煩躁。」

真是個體貼過了頭的傢伙。

聽到這樣的話，鄭護現會擺擺手說自己不體貼，一點都不是，但在我看來就是。他對每個人都很親切貼心，我不想連他的親妹妹都嫉妒。

鄭護現靠在床上剝橘子皮，眼睛都還沒睜開就拿橘子來剝，像剛從冬眠中醒來的松鼠剝著橡實一樣。剝好他遞了一片橘子到我嘴邊。

「哥，啊～」

「啊～」

我立刻張開了嘴，甜甜的汁液滋潤了舌頭。

鄭護現還沒清醒，一邊打哈欠一邊機械式地遞橘子給我。

我們坐在床上沒有說話，默默吃著橘子。

過了一會兒他似乎才清醒過來，輕呼一聲。

「啊！對了。」

他轉頭看我。冬天的陽光從窗簾的縫隙中照射進來，籠罩在他蓬鬆的頭髮上。

他慢慢眨了眨眼睛，露出笑容。

「永遠哥，祝你生日快樂。」

一年過去了，又到了十二月二十四日。就是我在鬧區喝酒的那一天。

洗完澡在客廳準備吃飯。

鄭護現勤快地走來走去，窗簾敞開著，透過整片玻璃窗可以看到外面。結冰前的冰冷江水緩緩流過，許多汽車在橫跨江水的大橋上馳騁，天空有些陰沉。

我本來幾乎不按時吃飯，在緊張或專心致力某事時，更是不到最後不會想到吃飯這件事。和鄭護現一起生活後，才開始按時吃早餐、午餐和晚餐。

病毒擴散已經一年了，但至今仍一點一點地出現感染者。

因為當初擴散速度太快，不管當局怎麼控制，都無法百分之百徹底消滅病毒。為應對突發狀況，全國所有醫療機構都必須經常性配備疫苗，而擁有抗體的人仍然只有鄭護現一人，所以他一年到頭一有空就抽血。

政府機關那些傢伙對這孩子剝削得真是徹底，鄭護現去抽完血回來都會暈頭轉向。因為擔心他會在半路上暈倒，所以都是我開車接送。

每次都會氣得想乾脆擺爛算了。什麼又有人感染了病毒，什麼疫苗有什麼大進展，全都不關我的鳥事。感染一擴散就迅速關閉校園掩蓋一切，然後現在是全國人民都要靠鄭護現的血才能生存嗎？真是可笑。

不管怎麼說，即使無法長肉，也不能讓他的身體更虛弱，所以嫌麻煩好一陣子沒下廚的我又開始做料理了。

鄭護現其實嘴巴很挑，不大喜歡垃圾食物或太辣、太鹹、太甜的東西，無論是韓式料理或西餐，都喜歡簡單、清淡的食物。託他的福，我現在一日三餐也吃得很養生。

在我煮清淡的蛋花湯時，鄭護現把飯和小菜端到桌上。剛開始一起生活的時候，他提議輪流煮菜，覺得這樣比較公平，但在吃完我做的料理，他二話不說主動表示自己負責洗碗和整理就好，似乎意識到我們的料理實力存在無法逾越的差距。

客廳裡靜悄悄的，因為我們都在各忙各的。我們兩人都不是邊做家務邊打開電視的個性，尤其會刻意不看新聞，因為怕聽到不想聽的消息。

幾個月前的某一天，我們邊吃早餐邊看新聞，在百一大慘案犧牲者名單中出現鄭護現朋友的名字。他一聲不響地放下筷子，走進洗手間，把吃的東西全部吐出來。我呆呆地站在上鎖的洗手間外，聽見裡頭傳來試圖以流水聲掩蓋的哭聲。

從那天之後，除了一起看電影，我們都不開電視。

「永遠哥，晚上做惡夢了嗎？」

才坐下來剛拿起湯匙，鄭護現就突然問我。

我心裡有點吃驚，沒想到他知道。我沒有回答，只是怔怔地看著他，他這才注意到我眼裡的疑問，解釋道：「凌晨感覺你翻來覆去，所以心想不知道是不是做了不好的夢。」

要不要老實告訴他？從平安夜到聖誕節凌晨，到底發生了什麼事，我到底做了什麼。

如果說了，他會相信嗎？他應該會相信。這孩子沒有心機，在外頭看起來很酷，但只有在我面前會展現出軟弱。只是，就怕連他知道了也會無法原諒我。會擠出尷尬的笑容說，沒想到是哥哥，然後、然後……

「沒有。」

我心裡有咯吱咯吱的聲音在響，還沒決定該怎麼辦，謊言就反射性地脫口而出。

「沒什麼，只是凌晨醒來，想再睡就睡不著了。」

「是嗎？」他問道。

「嗯。永遠太無聊了。」

「……」

「偏偏我們護現自己一個人睡得很香甜。」

原本滿是擔心和憂慮的表情瞬間消失。不管是以前還是現在，鄭護現都是個不善於隱藏情緒的傢伙。嘴上說得好聽有什麼用，臉上寫的一清二楚：奇永遠這瘋子又開始了。

「喔，不是，你怎麼不叫醒我？」

「我怎麼叫醒你？一直喊累，連做愛都沒力的小傢伙。我怎麼捨得叫醒你啊。」

「那個……哥，我不是不願意做，只是太累不知不覺就睡著了。」

「所以我才不敢吵你啊，放你一馬，重新幫你穿上內褲。我這麼盡心盡力讓你好好睡一覺，你卻不管我到底有沒有睡是吧？嗯？」

鄭護現不可置信地張大了嘴。早知道他會有這種反應，應該再多逗逗他才是。在一起一年了，應該有一定程度的熟悉了，但他卻一再讓我覺得可愛，真好奇他到底是吃什麼長大的。

「那個……哥，對不起。」

他道歉了，卻露出不知道自己為什麼要道歉的表情。

「親親。」

「什麼？」

「如果感到抱歉，就親我一下，那我就不生氣。」

「現在嗎？在這裡？」

這個時機確實有點荒唐，但我管不了那麼多。

照我內心的想法，我想抱住鄭護現，把他放在餐桌上好好折磨到他哭出來為止，但是我忍住了，必須先讓他好好吃飯。

「親一下有這麼難嗎？」我皺起眉頭。

他猶豫了一下，把手中的湯匙放下，站起來越過桌面向我靠近。略濕的頭髮中散發出熟悉的洗髮精香氣。

他吻了我的嘴角，而不是嘴唇。模稜兩可的吻，我一把抓住想遠離的下巴拉了過來，鄭護現一時重心不穩搖搖晃晃急忙扶住餐桌。

我狠狠吻了他的唇，輕輕一扭頭，把舌頭伸進去。他討厭甜食，不喜歡吃糖果、喝果汁，但不知道為什麼嘴唇和舌頭會這麼甜。

「嗯——」

從纏繞的舌尖開始熱度上升，我把手放在他脖子後面穩住，這時傳來手機震動的聲響。鄭護現放在桌上的手機正在震動。

「呃——」

正要升溫的空氣一下子就涼了。鄭護現慌忙離開我，確認手機訊息。

我不耐煩的用手支著下巴看著他。

「他們說在路上了，我們趕快吃完飯準備好就可以出去了。」

「什麼在路上，叫他們明天，不，明年再來吧。最好永遠不要來。」

慾火中燒之際受到妨礙，當然說不出什麼好話。

「什麼？大家可是為了慶祝哥哥生日才聚在一起的啊。」

「不管。我不需要。」

「難道你不想見夏恩、娜惠和彬嗎？」

「一點都不想。」

「我們還預訂了民宿，不去很可惜啊。」

「錢是我出的。」

鄭護現無話可說，面露難色地看著我。

「還是去吧。大家一起吃好吃的，開心的玩。我希望哥哥的生日……不要只有悲傷的記憶。」

沒想到他居然是這樣想的。鄭護現雖然傻得可愛，但有時還是很敏銳，讓人吃驚。連我自己都不知道我在睡夢中翻來覆去，他卻能僅憑幾個細微的線索，就猜到了我在夢中重複了無數次聖誕節的結論。

他會不會已經知道我在聖誕節凌晨做了什麼？不，不會的。我希望他不要知道，我不希望他討厭我。

「再親一個，我就跟你去。」

鄭護現像等了很久似的，開朗地笑了。

從開車離開大樓社區，一直到進入國道，這一路上我和鄭護現都沒有說話，車內維持著平靜的沉默。

雖然是聖誕節前夕，但路上比想像中冷清，或許是因為還是白天，也可能是因為天氣看起來不大好。從窗外飛逝而過的行道樹個個枯瘦，讓人聯想到枯死的屍體之手。這一片寂靜，就像一年前的那天。

「永遠哥，和我一起提交申請書的事。」一直安靜坐著看著前方的鄭護現突然開口。

我目不轉睛地盯著前方，聽著他說話。

「還有參加術科考試？」

鄭護現為轉學煩惱之際，我也申請了同一所學校，沒有其他理由，純粹是最原始的執著，我不喜歡他在我不知道的地方做我不知道的事。

鄭護現知道後嚇了一跳，說我應該好好考慮自己的主修來找學校，不瞭解那間學校的美術系如何，就盲目遞交申請書是要怎麼辦？哪有人隨隨便便就選學校什麼的？

當然，我都裝作沒聽見。

「怎麼了？」

「好不容易通過文件審核……」

「煩啦。」

我本來對大學也沒有什麼特別的想法，雖然不是死也不唸，但也沒有想過非上大學不可。

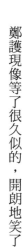

只是母親說，不管是要開工作室、開個人展覽還是要移民國外，至少都要有個學士學位。無論我創作出什麼作品，人們的焦點都會集中在我名字底下排列的學經歷，而不是作品本身。所以我才隨便找了幾所設有雕塑專科的大學提出申請，然後進入了其中一所大學，就是百一大。

「不管怎樣，都應該完成學業啊。」

「你還真是模範生啊。在學校宿舍裡趕報告結果遇到那種事，你還想去上學啊？學校裡是有什麼好康嗎？」

「但總不能叫我一直在家裡白吃白喝無所事事啊。門診治療和心理諮商也大致告一段落了，現在檢查的次數也越來越少……」

鄭護現果然和我截然不同，我至今仍未擺脫去年聖誕節的記憶，但他已經放眼未來了。

「無論政府給予多少補償金，也無法補償我的未來。我的未來應該由我自己掌握，還有……」

「還有什麼？」

「我想和哥一起上學。」

「……」

「在那之前，我們在學校一次也沒有見過面啊。我想和你一起聽課，一起在學校餐廳吃飯，我很好奇哥在學校裡的樣子。」

他始終不知道，在那寒冷的冬天，我偷偷看著靠在牆壁上抽菸的他。

不僅如此。我和他的初次見面，就像把中間剪掉一部分硬接在一起的電影膠卷一樣錯縱複雜。我記得和鄭護現的第一次對話是在他的寢室內，鄭護現記得和我的第一次對話則是在血染的走廊。

「我的想法是這樣，但如果哥真的不願意，那也沒辦法。」

鄭護現說完就轉頭看著窗外，但卻無法掩飾他變紅的耳垂。我不由自主噗哧一笑。

在漫長而痛苦的時間裡，我的世界只有校園，我所想到的未來總是逃到學校之外，再也沒有其他想法。就像一生下來就看不見的人，永遠都不知道色彩的概念一樣。

因此獲救後、接受治療到出院返家之後的生活，我不知道該怎麼過。聽說如果突然把一輩子被拴在狗鏈上的狗放了，牠還是哪裡都去不了，我就是那樣。沒有死亡、沒有殺戮、沒有再重置的每一天，對我卻很陌生。瞬間感覺自己像失去主人、獲得自由的奴隸。

而鄭護現來到我身邊，打開遮光窗簾和窗戶，神采奕奕地在屋裡四處走動，帶我出去吃飯、散步。到了晚上我們就緊緊相擁而眠，安撫被惡夢折磨的彼此。就這樣，我逐漸恢復了已經退化的「活著」的感覺。

是啊，我不得不承認。鄭護現是我的天譴，也是我的救贖。

「我要放音樂了。」

難為情的鄭護現在在副駕駛座上傾斜身體，打開音響。當他按下開關的瞬間，不知是不是重新初始化，播放出來的不是音樂而是廣播。

【下一則新聞。百一大學慘案當時，現場研究室的監視器影像經判定最終還是無法修復。】

熟悉的名稱入耳，我不自覺握緊方向盤，手背上的青筋凸起。

【事故發生前，設備早已老化，無法正常運轉。在事故發生後化學藥品爆炸引發火災則是損壞的主要原因。現在就連線負責影像分析的國家數位取證中心相關人士，來聽聽詳細的說明。】

「對不起，這個要怎麼切換成音樂？」

鄭護現慌忙按了其他鍵，廣播換成另一個頻道。

【去年十二月發生，奪走無數學生生命的百一大慘案，到明天就滿一週年了。為追悼犧牲者的紀念儀式將在二十五日上午十點開始……】

主播單調的聲音突然中斷，鄭護現直接把音響關了。但為時已晚，剛才聽到的內容在腦海裡打轉，像要掏光大腦、撕裂神經。

以為已經消退的頭痛又蔓延開來。實驗大樓內冰冷沉重的空氣、嘈雜的笑聲、刺鼻的燒酒味，當時的感覺像波濤一樣湧來。

突然感到一陣噁心。眼前延伸的道路瞬間變得模糊不清，腦中一片混亂。

我咬緊牙關，用力閉一下眼睛再睜開，用最後的力氣集中注意力，方向盤一轉，奮力把車停在路邊樹叢茂盛的空地上。身體一下子就沒了力氣，我扶著額頭，靠在椅背上，幾乎要撐不住了。

「哥，你還好嗎？對不起，都是我不好……」

鄭護現不知所措地看著我。

「頭疼嗎？我來開車吧。還是我們回家好了？」

他滿臉擔憂地問道，還把手放在我的額頭上擔心我發燒。這種痛苦難過的時候如果別人跟我說話，我一定會大發雷霆，說不定還會動手，但是對鄭護現例外。

雖然喜歡在我面前害怕得像小貓一樣的鄭護現，但我也不討厭關心我、想照顧我的鄭護現。個頭比我小很多、軟弱很多，卻強裝穩重的男友架式的鄭護現，既搞笑又可愛。真想找個地方鋪個墊子，叫他剛才的話都再講一次，讓我好好欣賞。

「我低血糖了。」

「什麼？」

「因為低血糖，一點力氣也沒有，我不要開車，我沒辦法。」

我把手遮著眼睛，像在鬧脾氣一樣的說。不知道他會不會相信？

「啊——」他發出短暫的嘆息。

過了一會兒，打開副駕駛座前的置物箱，傳來沙沙作響的聲音。

「哥，啊～」

「啊～」

我張開了嘴，鄭護現塞了個圓圓的東西進我嘴裡，是草莓口味的糖果，甜甜的滋味在舌尖滾動，頭痛漸漸消退。

「我們休息一會兒再走吧。」

我慢慢地點了點頭。休息個一、兩分鐘似乎不夠，我乾脆把車熄火。

四周靜悄悄，只有偶爾傳來樹枝晃動的摩擦聲。

「嗡——」鄭護現的手機震動聲響起，擔心打擾我休息，鄭護現迅速接起電話小聲說：「喂？嗯，嗯，彬啊。」

「對，是護現哥，你還順利嗎？」

語氣非常和藹親切，這個在我面前也總是這麼客氣的小子。

馬的，我也要叫鄭護現哥。

「我們現在開車過去，在路上暫時休息。嗯？不，不是在休息站。」

鄭護現把頭朝向車窗口，輕聲細語的通話。不知道為什麼我的情緒會跌入谷底，看著他的後腦杓，我的身體向副駕駛座靠過去。

「夏恩和娜惠會一起過去。彬啊，你怎麼過去？什麼？KTX[1]？學生有打折？」

我從他後面把手伸向前，扒開他厚厚的開襟衫，緊抓住他的胸膛。

「吃完早餐就出發……啊！」

他吃驚地回頭看我。我不理會，嘴裡嚼動糖果一邊揉捏著他的胸口，他的胸膛沒什麼肌肉。我摸到了他的乳頭，用指尖輕輕彈了幾下，感覺他的乳頭就快要噴血了。

註釋①：韓國的高鐵。

「啊！不是……彬啊，沒事……」

鄭護現用沒拿手機的手急急忙忙把我推開，一臉快哭出來的樣子，低聲道：「哥，拜託……」

我用嘴型無聲地說：「乳頭都站起來了還跟別的傢伙調情。」

「呃……我……我們要出發了。哥待會兒再跟你聯……」

我用食指和大拇指擰了他的乳頭，鄭護現全身都僵硬了。他咬住嘴唇，努力保持鎮定。

「我再跟你聯絡，路上小心。」

他慌忙結束通話，一確認電話已掛斷就向我投來埋怨的目光。

「為什麼要這樣？擔心在通話中發出奇怪的聲音，你知道我……」

「誰叫你居然敢在我面前和別的傢伙打情罵俏。」

「不是別人，是彬啊。」

「那個傢伙更不行。」

「為什麼？」

「在學校的時候我看到了，那個長得又黑又乾的傢伙，一有機會就摸你的手……馬的。」

越說心裡越不爽，嘴裡嘎吱嘎吱地咬碎糖果。

鄭護現小心翼翼地察言觀色。

「那個……哥，你生氣了嗎？」

「你看不出來嗎？我生氣了，永遠生氣了，現在快要發瘋了。」

「本來就是個瘋……」

「我們小現現，最近過得太舒服了嗎？心裡想什麼就說什麼啊？」

他驚覺事態不妙，趕緊道歉。

「對不起，我錯了。」

「算了，以為撒嬌就行了嗎？仗著自己好看。」

「……」

「我看你待會兒見到韓彬那傢伙，又會開懷大笑是吧？我心裡只有現你一個人，而你那麼關心別人。」

「不，我不會的。」

「騙人，你每次都這樣說。」

我斜眼瞟了他一下，然後故意用力轉過頭。

「哼！」

氣氛暫時寂靜。鄭護現怔怔的，不知不覺重複我的話。

「……哼？」

我沒理會他，臉上還是一副不爽的表情，他過了一會兒才回過神來。

「嗯，那個……嗯……要怎樣你才會消氣呢？」

他輕輕撫著我的手背說，讓我心情稍微舒暢了一些。只有在面對鄭護現時，我才會軟化，就像他對我那樣。

「親一下。」

我說完，鄭護現的表情變得有些微妙，似笑非笑，又好像有點皺眉。

「這樣就行了嗎？」

「是啊。」

他長長嘆了一口氣，下一秒就抓住我的肩膀，來不及反應，頭就轉了過去。

我們的雙唇撞在一起就密不可分。他含著我的嘴唇蠕動著，然後輕輕地吸了一口氣，濕潤的嘴唇張開，舌頭纏在一起。

鄭護現平時不愛甜食，但和我接吻的時候例外。剛才還含著糖，留著香甜韻味的我的舌頭和唇，他毫無顧忌地吸吮著。平常別說是接吻了，就連親一下也嚇得要命的鄭護現，現在氣勢完全不一樣，真他馬的太銷魂了。

我攬著他的腰把他拉過來，他在駕駛座和副駕駛座中間的控制臺上抖動，我托住在座位上游移的他的屁股。

上頭雙舌交纏，手也沒閒著，不停揉捏他的臀，熨燙得整整齊齊的褲子都被弄皺了。

「別人……」

在唇舌翻攪的空隙，他奮力擠出聲音。

「別人看見的話……」

「不會看見。」

「說不定會……這在路邊啊……萬一有車經過被行車紀錄器拍到怎麼辦？」

「那我就去追上去，撞他。行車紀錄器什麼的只要撞爛就行了。」

「那樣我們也掛了吧？」

「啊，馬的。」

我煩躁地拿起掛在駕駛椅背上的外套，大致把窗戶遮住。反正對面是樹林不用擔心，這樣應該就可以了。

「行了吧？」

無話可說的鄭護現微張著嘴，他的表情就像剛剛還握著的向日葵種子瞬間被搶走的倉鼠一樣。

我咧嘴一笑，把座椅放倒。

鄭護現衣衫不整地趴在我身上，他的開襟衫和褲子被隨意扔在後座，襯衫釦子全部解開。從敞開的襯衫下襬中可以看到白皙的胸部和淺粉色的乳頭。

我把手往下用力揉捏他的屁股，有彈性的肉在我手中擠壓，我享受著柔軟的觸感，然後張開他的屁股，指尖碰到了緊閉的後穴。

「啊！」

鄭護現發出呻吟，身體開始抖動，下體性器隱隱受到越來越強的刺激。

「現啊，咬我。」

「哪裡……」

他咬著嘴唇俯視我，眼角已經紅了。

「隨便，最好咬出傷口來。」

「什麼？不行，為什麼要我傷害哥？」

「快！」

我用中指輕輕揉搓後穴，一邊催促著他。我微微仰起頭，閉上眼睛，呈現一副任他擺布的樣子。鄭護現靜靜地沉默了一會兒，後穴反覆收縮又放鬆，他顯得不知所措。

接著他朝我低下了頭，嘴唇貼在我頸動脈上，遲疑了一下，輕輕用門牙印下痕跡，感覺好像被沒長牙的小貓咬，一點都不疼。

「嗯——」

「疼嗎？別咬了吧？」

每當他說話時，就能感覺到喉結震動。連這都讓我興奮。

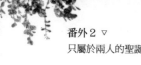

「不……真爽，再多一點。」

我興奮得聲音都變低沉了。他小心翼翼地在我脖子上舔著、吸吮著，每當輕輕咬一口時，就會像犯了什麼錯似的背脊抖動。我的老二已充血，真希望他在我脖子上留下紅色的痕跡。不，乾脆把皮膚和血管撕裂，直接流血吧。

我希望在橫跨脖子的那道疤痕上出現新的傷口。鄭護現在我脖子上留下咬痕，還有什麼比這更讓人興奮的呢？

我在他生疏的愛撫下，一直用指尖刺激後穴，在肌肉似乎放鬆之際，豎起中指猛地插進去。好不容易才插進去一個指節。就算只是一根手指也要費一番工夫才進得了那狹小的孔洞，之前怎麼吃得下我的性器呢？真是太神奇了。

「呃——呃——」

他吞下了呻吟。我把在內壁撓了一圈的手指稍微拔出一點，然後插得更深。我的手前後移動，不忘時不時撓一下發燙的內壁。

抱著他一邊推進，一邊在耳邊悄聲說道：「你不是會一個人打手槍，那連我的老二一起試試。」

我的上面發出甜蜜的呻吟，身體放鬆的他一下子僵住了，他迅速吸了口氣。

「連你的一起……？」

他猶豫了一下，把手伸到下面，一把抓住夾在我們腹部之間兩個堅硬的性器。我的分身前端已經濕潤了，鄭護現也差不多，每次聽到淫言穢語都感到害怕，每次卻也都實實在在地興奮起來。

接著他開始上下慢慢地揉搓性器。感覺鼓起了很大的勇氣，但仍然不夠積極。蹺起的前端互相揉搓著，包裹著硬挺生殖器的表皮也隨著他的手上下移動。

我想像鄭護現自己打手槍的情景。白皙的臉頰紅撲撲地，閉上眼睛，集中精力享受快感。隨著興奮上升，搖動肉棒的手也越來越快，淡粉紅色圓潤的前端積聚了體液，不一會兒就會噴灑出來。

他在自慰時都在想些什麼呢？想像在別人身上用陽具猛頂，摟著別人的腰？不，馬的，那樣太鳥了。還是想像著被我操的情景？

「平常你就是這樣打手槍的嗎？還真是跟你的長相一樣老實啊。怎麼做？坐著？躺著？」

「你為什麼要問這些？」

「因為我好奇啊。早知道是這樣，我應該在你面前親自指導。」

「我不知道……別問了。」

鄭護現搖了搖頭，呼吸急促，話中夾雜著呻吟。趁他分神之際，我把食指也插進後穴，他間歇性緊繃得熱呼呼的內壁被我的指節撓過。

「在我們家裡也做過嗎？」

「沒有。」

「真的？」

「真的……」

「一次也沒有做過嗎？」

「沒有。」

看他快失去理性，幾乎要哭出來了的樣子，看來是真的沒有。也是，在家裡怎麼還會想要打手槍？自從我們一起生活以來，我每天都操到鄭護現倒下，嗓子啞了，眼角哭到爛了，精液射到一滴都不剩為止。

「好吧，現在老二不插進去我看是不行了，後穴感覺很鬆啊。」

「……」

鄭護現默默地喘息，臉紅紅的，似乎為了揉捏手中的兩個性器而忙得不可開交。

我用力捅了捅後穴再問一次，這時他才慌忙點點頭。這麼溫順、坦率可愛，讓我忍不住在他額頭上吻一下。

「小可愛，這裡怎麼樣？」

我把插進深處的兩根手指像剪刀一樣張開，內壁反射性地收縮了，濕漉漉的肉緊緊咬在手指上，稍微一撓就扭曲了。

「現在你的身體還沒完全放鬆，在咬我的手指呢。吵著要我再多插一點。」

「啊，啊，啊！啊，啊……！」

「一提到要插就興奮嗎？想要哥哥的鳥嗎？」

「嗯……嗯。」

他撒嬌似地臉頰在我脖子上揉著，不知是不是流了點眼淚，脖子感覺有點濕濕的。平時那麼果敢又成熟的傢伙，只要稍微摸一下分身，撓一撓後穴，人就變得軟綿綿、放鬆，還會哽咽，真不知道世上怎麼會有這麼可愛的小東西。

我更難以忍受了，如果繼續這樣玩手指，在鄭護現射精之前我會先瘋掉。

我把手指拔出來，抓住鄭護現的腰，一下子把他舉了起來，放在我身上，連他唯一還掛在身上的襯衫都脫了，本想就這樣讓他就範，但他突然像清醒似地說。

「呃……哥，永遠哥。」

「什麼？」

「等一下，不能這樣。」

「好吧，這次又有什麼不滿意的。」我用最後的耐心問道。

裡頭都軟軟地鬆開了，現在只要把鳥頂進去就可以了，他偏偏挑這種時候潑冷水。

「那個……」

鄭護現坐在我身上，把手往後座伸，然後從褲子口袋掏出皮夾，再慌忙拿出了個東西。我定睛一看，沉默了一會兒詢問。

「……是怎樣？」

「戴保險套吧，因為在車裡……」

「所以咧？」

「事後處理比較麻煩嘛。」

「鬼扯，要麻煩也是我麻煩啊。」

「……」

「你什麼時候處理過？每次都是我，你根本就軟趴趴的不能動，還不都是我抱著你幫你沖洗、幫你清掉精液。」

「我就是擔心哥哥太麻煩，所以才特別準備的。總之是No condom, No sex。」

他堅持自己的主張，看他臉頰不紅，眼角也放鬆了。我不情願地說。

「準備是很好，不過你什麼時候買的？」

「因為哥每天想到就要做……」

「所以你也隨時隨地準備被操嗎？真是太淫蕩了。我們小現現滿腦子只想做那件事啊。」

「不是的！」

鄭護現的臉又脹得通紅。他用充滿怨氣的眼睛盯著我，眼眶濕潤了。雖然很可愛，但感覺再這樣下去就要哭出來了。

我心裡想，要不搶走那個保險套，扔到窗外然後就上了他。但隨即打消念頭，因為一想到他考慮這麼多還買了保險套，悄悄地裝作若無其事放進皮夾裡，我的心就軟了。

「給我吧。」

我欣然收下保險套，打開包裝，輕輕彈一下套子，然後從前端開始戴上。他大概沒考慮尺寸就買了，對我來說有點小，而且保險套居然還散發著草莓的香味。這又是什麼？還考慮到我的喜好？啊，真是的，真搞笑，真服了他。

把捲起來的套子拉平，套在我老二上才一半多一點。尺寸不合適，戴了不舒服，我不自覺地皺起了眉頭，同時感受到鄭護現用忐忑不安的眼神觀察我的表情。

「你自己來吧。」

聲音比想像的要低一些，而且有點凶。

平常會傻傻地說來什麼？自動販賣機的硬幣嗎？裝作什麼都不懂的鄭護現，這回卻乖乖地自己騎在我身，扶住旁邊的座椅。

通紅的後穴壓在我肉棒的前端上，他閉上眼睛深呼吸，然後坐下。

套著薄薄保險套的前端一點一點地進去。之前不知已有多少次被我頂住的經驗了，但他還是不大熟練。他的後穴因刺激緊縮，讓我覺得那話兒快要爆炸了。不過保險套上塗有潤滑液，比直接放入好一點。他抓不到要領，只是一味地強忍著，後穴勉為其難地撐開。

「呃——啊——」

全力以赴的鄭護現眼角在顫抖，大腿肌肉緊繃，撐著座椅的手背青筋突出。他咬著嘴唇低下頭，褐色的頭髮散亂，遮住了表情。

他直挺挺地坐在我的性器上，然後反覆輕輕地起身，再一點一點地把性器塞進去。進度非常緩慢，由於加上體重，似乎比平時更難插入。緊繃的後穴好像要裂開，發出咯吱咯吱的聲音。

「……」

得不到他的回應，覺得有點怪怪的，我察看鄭護現的臉色，這才發現他已經喘不過氣了，我連忙用力拍打他的屁股。

「現，你要呼吸啊。」

「呵！呵啊——哈啊，呵。」

壓抑的呼吸終於爆發了，但他似乎還是很緊繃，我捧著他的臉連連吻了好幾下。他輕輕抽泣，倒在我懷裡。

「哥……好累啊。好疼。」

「不能再進去了嗎？」

他眼淚汪汪地點點頭。

「那到此為止吧？我抽出來？」

但這回他又搖頭。真是可愛到不像話，這麼可愛我怎麼能放過他？就算他哭著要我抽出我也不會照辦。我會舔他、吸他、操他，刺激他每個敏感的部位，想辦法讓他求我再多給一點。

「放鬆，趴在我上面。大腿張開，膝蓋再抬高一點。」

他乖乖地照我說的做，我的肉棒還塞在鄭護現體內，他趴在我身上，我用雙手抓住他的屁股上下地動。然後把他輕輕抬起來再放下，慢慢納入。

「嗯、嗯、嗯。」

不知從何時起，他附和著我，不由自主地聳動屁股。前端在濕潤的皮膚上連續滑落，找到了路徑後就比較輕鬆了。鄭護現急促地呼吸，伴隨著扁平的小腹上下起伏，就像極度飢渴一樣。

不知不覺間，性器已經進入了一半以上。內壁緊實的肉從四面八方撲來，咬住我的那話兒不放。之前把頭埋在他臀部，像狗一樣吸吮時，我的舌頭也是這樣被勒緊。剛才不該只用手指頭開拓，應該把他翻過來吸一吸才對。那樣鄭護現必然會又羞又哭得梨花帶淚，我不禁感到可惜。

我移開抓住他臀部的手，握住在我骨盆兩側的大腿，由下往上拍打，生殖器更瘋狂往內頂，他的身體經不住由下而上的勁道，向上抬起。我壓住他的大腿固定後繼續往上頂。

「啊啊！啊、啊、啊……」

剛才還在擔心會被別人看到，我一把鳥放進去他就神魂顛倒、暈頭轉向地哭了起來。他那被揉搓過的分身在晃動，啪啪地拍打著我的小腹，我的小腹上沾上稀稀落落的體液。

可能還是會害怕直接頂入內部的刺激，鄭護現下體咬著我的熱源，臀部和大腿也扭來扭去。他的內壁像塌陷一樣，把我的分身壓得緊緊的。似乎不敢享受快感而逃避，但技巧不熟練，反而更挑起興奮了。

啪！啪！啪！啪！撞擊的聲音響徹車內，接著逐漸放緩動作，最後停了下來。他詫異地俯視著我，迷濛的雙眼已經淚流不止。

「我低血糖了，沒辦法。」

鄭護現聽了一副不可思議的表情。這也難免，他應該是第一次見到在做愛時突然低血糖而做不下去的傢伙吧。

「餵我吃糖。」

他呆呆地回頭，微微抬起臀部朝副駕駛座前的置物箱伸長了手臂。深入體內的性器逐漸滑出，還緊緊套著的保險套表面光滑。連肉棒滑出都受到刺激的鄭護現吐出哀淒的呻吟。

「嗯哼——」

所幸前端驚險地卡在後穴，而同時鄭護現也成功地拿到糖果。看到草莓口味的糖果在他瑟瑟發抖的手指尖上，我一下就壓住他的大腿，垂直豎立的生殖器又滑過內壁，勇往直前。

「啊！啊！」

鄭護現終於放聲大哭。他手中的糖果啪一聲地掉在我的胸口，緊接著眼淚就嘩嘩地流了下來。

「餵我吃糖啊，快點。」

鄭護現哭著拿起糖果，但連這簡單的動作也失手好幾次，因為抖得太厲害了，再加上我沒停止用力，所以總是無法把糖果放進我嘴裡，就在這裡他的熱源也流出液體。

好不容易，糖果碰到我的嘴唇，我立刻咬住糖果，同時拽住他的後腦杓拉過來，狠狠吻了不停呻吟又哭得滿臉濕透的他的唇。

眼淚浸透我們的唇，甜鹹味道交錯。

我略略扭過頭換個角度，頂開他的嘴唇，像要把舌頭拔起的氣勢執著地吻著。圓圓的糖果在我們的舌頭上留下人工的甜味，然後融化。

激烈的吻有點吃力，我抱著鄭護現不停歇地往上頂，緊密咬合的腹股溝發麻，不知什麼時候起，鄭護現開始哼哼唧唧，我暫時停了下來，嘴唇剛脫離，他就發出了近乎悲鳴的呻吟。

「好……好像要來了。啊！啊！啣！啣！」

沒有時間再多說，他話音剛落，臀部就使勁咬住我的生殖器射精。纏在分身上的肉綳緊，精液直射在我的胸腔和腹部。

他張著嘴，濕透的睫毛瑟瑟發抖，掙扎到了頂點。

我也更加難以忍受，抓住鄭護現的骨盆，用力頂撞內壁。

他好像還在射精，但無所謂，眼前一閃，從緊貼的陰囊開始順著性器到前端，一柱擎天。

「呃——」

精液毫無顧忌地噴射出來。黏稠的液體不斷地堆積在緊綳的保險套底部。他也像要把我吃掉一樣，內壁的肉不斷緊綳再緊綳，把剩下的一滴精液都擠出來。

「呃——呃——呼。」

長長地呼出彷彿憋了許久的氣，鄭護現似乎還沒有力氣脫離，把頭埋在我的懷裡一動也不動，背脊不停上下起伏。

等到勃起的肉棒稍微放鬆了一點，我抓住保險套底部抽出，擁著他欣賞保險套從紅通通後穴探出頭來的景象。鄭護現嚇得直打哆嗦。

「拿出來，這樣感覺很奇怪。」

「好、好。」

我也沒興趣看太久，很快就答應他。

抓住保險套輕輕拽了一下。裝滿精液的薄薄一層乳膠，從緊縮的內壁用力拉出來。鄭護現呻吟著，屁股一顫一顫的。

「抽出保險套也感覺到了嗎？看來真是慾望完全高漲啊。」

「那是什麼意思？那是說哥哥要……」

「嗯，現在才知道？我整個性慾大爆發，就快要炸了。」

「……」

「和我相處了整整一年，難道你不知道嗎？我們小可愛只顧著用功，都不會察言觀色啊？」

我敷衍地回嘴，把用過的保險套綁好。

啞口無言的鄭護現一臉像失去國家的表情看著我，看起來又好笑又可愛，如果現在再來一次，他應該會真的喘不過氣來。

揉捏著濕亮的性器，沒幾下就豎了起來。

察覺到我要做什麼的鄭護現突然立起身說：「永遠哥，保險套！」

藉著拿保險套拖延做愛，他急急忙忙在後座翻找錢包後，而我只看到他白嫩的屁股一聳一聳的。因為剛才使勁拍打，白皙而結實的屁股有些發紅，讓人更想咬一口，分身又氣勢洶洶地挺立。

我從他身後摟著腰，另一隻手把肉棒對準了後穴。鄭護現嚇了一跳，想回頭阻擋，我卻不給他反抗的機會，直接就插進去了。

「啊！」

他一下子失去重心倒下，我就在等這一刻，騎在他身上又頂了幾下。已經經歷過一次巔峰的內壁勢如破竹，他悲傷地看著我，然後轉過頭去。

「No condom, No sex.……呃，我不是說過了，怎麼又……」

「我知道、我知道。可是我就是控制不了嘛。」

「不是……」

「嗯，好吧。待會兒哥哥會幫你擦乾淨。」

「聚會呢？我們要遲到了怎麼辦？」

「啊，對，要遲到了，要打電話嗎？要拿手機給你嗎？沒關係，我可以繼續不會停。」

「……」

鄭護現哽咽著，喃喃自語地提出了抗議，但我當然充耳不聞。在他臉頰和脖子上親吻，在他腰間搔癢。

最後，他放棄了抵抗，在我下方又哭得梨花帶淚了。

我們最後抵達約定地點附近的車站，也許是因為抱歉，鄭護現一直面露不安的神色。怎麼會呢？鄭護現不但沒有爽約，反而主動邀約聚會，事前準備，並召集大家。

平常只待在家裡，來到戶外人多的地方才看到，四周充滿了聖誕節的氣氛，每家店鋪都掛上了各種聖誕裝飾。等到了晚上把燈點亮，播放聖誕頌歌，感覺會更熱鬧。

同樣是十二月二十四日，有人期待著聖誕節，興奮不已；有人為一年前的慘案而準備紀念追悼，還有我，一年前的聖誕節凌晨，我做了那種事，現在卻若無其事地出來慶祝過生日，這就像一部低成本的爛劇一樣。

「永遠哥？」

鄭護現的聲音喚醒陷入沉思的我，車站前的十字路口的信號燈已在不知不覺中變成了綠燈。

叭！正要放掉剎車起步之際，突然傳來一聲響亮的喇叭聲，再加上後面的車故意反覆閃大燈，瞬間看不到前面了。

我瞥了一下後視鏡，後面車的駕駛頭探出車外，正破口大罵。

「等不到三秒就發瘋？馬的，既然這麼急就下車啊。」

我把駕駛座的窗戶放下，外面的冷空氣撲面而來。

不安的鄭護現問：「為什麼開窗戶？」

我右手握住方向盤，左手搭在窗框上，滿是傷疤的手臂有一半露在外面。

「你知道我不大會控制情緒，不過別擔心，我不會怎麼樣，只是跟那個小混混打個招呼。」

我心裡盤算著讓後面那個傢伙吃點苦頭，但在行動前鄭護現勸阻我。

「忍著吧，哥，我們快點走，和那種人發生爭執會很頭疼的。大不了以後再確認行車紀錄器，然後報警就好了。」

他伸出手小心翼翼地撫摸我的手背。反正他仗著自己可愛，自認跟我撒嬌就行了。我嘆了口氣，把車窗升起。

其他人都已經在車站前的咖啡店裡等著。我們把車停在停車場，進入咖啡店，或許因為還是下午，所以客人並不多。

在店內一堆看起來長得差不多的人中間，突然看到幾顆突出的頭，我的心情急劇變差，但鄭護現的表情明顯開朗。

「嗨，大家，我們來了。」

聽到鄭護現親切地打招呼，原本聚在一起說話的人都站了起來。

「哇，看看這是誰啊？我們到底多久沒見面了？」

「過得好嗎？夏恩。」

「還不錯。啊，對了！等你們這段時間我們就先吃飯了。」

「好，我們來晚了，對不起。」

短髮女孩豪爽地笑著，就在她想擁抱鄭護現之際，目光對到我的眼睛。我目不轉睛看著她，她怯生生地把手臂放下，恭恭敬敬向我行九十度鞠躬禮。

「您好。」

「護現哥，好久不見！我好想念你啊……呃，您過得好嗎？學長。」

旁邊的女孩也一樣。看到鄭護現興奮得跟他打鬧的傢伙一發現我，個個都像洩氣的氣球。鄭護現尷尬地笑了笑。

「哥哥們，好久不見。」

一直在一旁默默看著一切的傢伙開口裝熟，他怎麼看都像黑社會的小混混。他摘下深色棒球帽，低垂著頭，鄭護現像兔子一樣圓睜著眼看他。

「哈，彬啊，你的頭髮……」

帽子摘下後露出一顆小平頭。

原本就長得一副野獸派模樣的傢伙，把頭髮剃了更顯得凶惡不堪。

那傢伙比鄭護現小四歲？兩個人並排站，怎麼看都像財閥小少爺和保鏢啊！鄭護現不知哪隻眼睛覺得那傢伙可愛，還不停地喊著「彬啊！彬啊！」心情真是不爽，他都沒喊過我「永遠啊」。

「我一月就要入伍了。」

韓彬有點尷尬地揉了揉後腦杓，那樣子有點孩子氣，又有點不好意思，讓我看了心情更扭曲。一有機會就耍小把戲，我都看得一清二楚。

「這麼快就要入伍了？」

「是啊，反正今年休學，明年復學別人可能會覺得怪吧。」

「覺得怪？為什麼？彬，發生什麼事了嗎？」

「沒什麼大不了的。」

「沒什麼大不了的？才大一就休學，然後馬上入伍？我們是連學校都沒了，所以被迫經歷N次轉學考，可是你不同啊。」

「反正……」

「反正？」

「別人總是會跟我搭話、觀察我，然後問我那時候發生的事……他們都說我很可憐。」

韓彬說完，大家臉色都沉了下來，因為他說的不是別人的故事。

我和鄭護現拒絕了所有採訪，老實說沒什麼影響，但是其他人卻被媒體騷擾，受到很多不情願的關注。

網路上無數個社群網站都流傳著採訪截圖，還有人跳出來主張自己是倖存者或犧牲者的朋友，不管電視還是電腦、手機，打開全是相關消息。

氣氛頓時變得低落，吳夏恩極力轉移話題。

「護現，你怎麼看起來病懨懨的？臉色怎麼這樣？本來皮膚就白，現在看起來就像沒有曬太陽一樣蒼白。」

「……」

鄭護現沒有回答，只是淡淡地笑了笑。現在他很多地方都不好，因為剛才車震到精液全洩光了，所以到現在還筋疲力盡。加上哭得厲害，眼圈還是紅的，睫毛甚至還濕濕的，在厚厚的冬衣下面有很多我留下的痕跡。

金娜惠踮起腳尖認真觀察比她高很多的鄭護現，然後鼓起勇氣瞪了我一眼。

「你……不要欺負我們護現哥哥！」

這又是什麼鬼話。

「學長打了護現哥是吧？你哭了對吧？」她對鄭護現說。

一個才到我肩膀，不，最多只到胸口的女孩，掄起小拳頭抗議。可能是看到鄭護現的模樣，便自己聯想是被我打了才哭的。

鄭護現拍拍她的肩膀，安慰她說：「娜惠，不是那樣的。我沒被打。」

「為什麼要這樣？護現哥身上還有哪裡能打？哇，真的太過分了！」

「我有很多可以打的地方……不是，我不知道為什麼會說這種話。」

鄭護現失聲大笑。對比自己矮一個頭的小鬼感到很無語吧。

「護現哥那麼善良，一定默默挨打吧？」

「我都說沒有了。」

「一定有，一定是被揪住領口，邊罵邊打對吧？還被甩飛到很遠的地方對吧？」

「妳覺得我會忍受那種行為嗎？之前妳沒看過我打架嗎？」

「就是因為看過，所以才要說。之前你就突然流鼻血暈倒，我真的嚇死了。」

「……」

他們兩個在我面前一來一往拌嘴，照這樣下去，那些廢話永遠不會結束。

我靠在沙發上，突然打岔說道：「所以，現在……」

兩個人同時看着我。

我指著鄭護現問道：「意思是我欺負他了？」

仔細回想，這樣說也不算錯。

「也是，在某種意義上來說確實是欺負你了……」

「啊，哥！」

我話還沒說完鄭護現就連忙拉我的手臂，一副驚慌失措的樣子，蒼白的臉一下子就有了血色。

「我們去那邊點飲料吧。」

他挽著我的手指了指櫃檯方向，因為害羞耳朵都紅了。於是我乖乖地跟他走到櫃檯，店員問道：「請問需要什麼？」

其實現在到咖啡店，我們不會問彼此要點什麼，因為反正每次點的東西都一樣。

「請給我們一杯草莓汁和美式咖啡。啊，美式咖啡要熱的。」他說。

「好的。」

「哥，要吃點什麼嗎？我們遲到了，還沒吃午飯。」

他看著點心櫃裡的麵包問道。我的視線也移了過去，裡面擺了幾種不同的蛋糕、麵包和餅乾。

「嗯。」

「吃什麼呢？」

「隨便，蛋糕？」

「等一下就要吃哥的生日蛋糕了。」

「那隨便點啦。」

咖啡店開著暖氣，有點熱，我圍著鄭護現今年春天送給我的圍巾，因為太悶把圍巾鬆了鬆。

「再加點一個火腿起司帕尼尼，可以幫我加熱嗎？」

「……」沒有回應。

「不好意思。」

還是沒有回答，鄭護現這才從點心櫃抬起頭。店員的目光投向我，準確地說是固定在我眼睛高度的下面一點。

他正看著我脖子上的傷疤，一時驚呆連鄭護現問話都沒聽見。

和鄭護現一起在家裡時一點感覺都沒有，因為他根本不在乎我身上有多少傷疤。他可以若無其事地親吻我的脖子，窩在我滿是疤痕的胸前，握住長滿老繭的手。所以我一時忘了，這些痕跡在一般人眼中會是多麼驚訝或厭惡。

鄭護現的臉上漸漸沒有了表情，他沒有說話，定定地看著對方，那表情我幾乎沒有見過。

「喔！啊！是的，先生，您是說火腿起司帕尼尼嗎？」店員回過神來忙不迭說道。

「是的。」

「我幫您熱一下，等飲料一起給您可以嗎？」

「好，麻煩了。還有……」

鄭護現眼睛完全沒有笑意，只是嘴角微微牽動了一下往上揚，用指尖碰了一下自己的脖子附近，對店員說：「剛才那樣很無禮，您知道吧？」

驚慌失措的店員臉色發白，一個勁地鞠躬道歉。

他看起來和鄭護現差不多年紀，說不定和我同齡。

「是……那個……對不起！真的很抱歉。」

鄭護現長嘆了一口氣，冷冰冰的表情又恢復了溫暖。接過餐點，走回座位途中，他連連眨眼睛仰望著我，那是遇到尷尬狀況時他特有的習慣。

「對不起，你心情不好嗎？」

「什麼？」

「剛才因為關係到你，我有點自作主張……」

「是嗎？我沒什麼感覺。」

不管別人是不是嫌棄我，我都無所謂，不過看來那些人在我面前也嚇得不敢吭聲。反正只要鄭護現不討厭我，別人怎樣看我都不管。但如果連他也把我當成令人厭惡的怪物，那我真的會想死了算了。

大家圍坐在六人用的大桌聊天，我無聊地用手撐著下巴，他們聊天的內容從我的左耳進、右耳出。偶爾我會用吸管輕輕碰一碰果汁中的草莓。

「護現哥，你知道我有參加這次會考嗎？」

「是嗎？我不知道啊。早知道應該送個禮物給妳，要再重新準備很辛苦吧。」

「反正才大一，就當中途休學再重考嘍。」

「哈哈，你們知道考完那天娜惠打電話給我，在電話裡哭著說好像哪一題劃錯答案，又說時間沒有抓好，擔心一定考得很爛，結果根本就考很高分啊。」

「能說這種話的人就只有夏恩姐了。」

「那夏恩妳呢？不是說秋季要復學。」

「嗯，本來要唸附近的大學。因為專案申請進去的，在學校裡一下就被認出來了。結果就被抗議說為什麼慘案倖存者可以專案插班，嚷嚷著說搞特權，總之到最後直接取消入學。」

「啊……那接下來妳要怎麼辦？」

「不知道，為了生存好不容易逃了出來，結果出來後仍被這個世界折磨。難不成要我去國外留學嗎？」

大家的專業、興趣和性格都各不相同，除了慘案發生當時都在百一大學內之外，老實說找不到其他共同點。其實我和鄭護現也一樣。

在寂寞的冬天透過教室窗戶偷看他抽菸的樣子，甚至聯想到淫穢的畫面，但在當時並沒有覺得非要認識他的地步，因為感覺他與我不會合拍。

我們就像水彩畫和油畫一樣，根本質材就不同。他不可能喜歡我，我也不會真的對他上心，這些不用嘗試我就可以斷定。

沒想到聖誕節早上我狼狽奔逃，要不是偏偏經過鄭護現寢室外的走廊、要不是他在絕妙的時機開門讓我進去，在我的人生中還會有機會和他面對面嗎？聖誕節發生的災難讓原本生活毫無交集的我們相遇，讓兩個不可能混在一起的世界融合。

「喔？不好意思，小姐。」

一個陌生的聲音突然打斷大家，每個人都反射性地轉頭看，是一對中年男女。

「妳不是電視上的那位小姐嗎？是吧？新聞有報，百一大慘案特輯紀錄片也有，倖存者金某，長得很漂亮啊，一眼就認出來了。」

「哎喲，你這人怎麼這樣。不要打擾人家，我們快走吧。」

「不是啊，在電視上看到的人，現在出現在眼前不是很神奇嘛。」

男人不顧身旁女人的阻止，自顧自地大聲嚷嚷，身上還散發出一股酒味，看來從大白天就開始買醉了。

「很慘吧？我老婆看了那部紀錄片，不知道哭得多慘，一直說你們學生太可憐了。等一下。是不是應該請妳喝杯咖啡啊？」

「不，沒關係。」

金娜惠雙手緊握著手上的咖啡杯，輕輕搖了搖頭。

「哎呀，別這樣，沒關係。大叔連妳的朋友也一起請。」

「真的不用了……」金娜惠面有難色地婉拒。

「喂，不是說不用了嗎？」

看不下去的吳夏恩幫腔，但是男人不僅沒有退縮，反而提高嗓門。

「我又不是要怎樣，我是把妳當女兒一樣啊。我女兒今年也要上大學，所以特別有感情嘛。」

「真受不了你，老公，不要為難無辜的學生了，我們快走吧。」

咖啡店裡其他客人的視線都集中到這邊。

「啊，好吧。不好意思，我再問妳一件事。那個病毒還是什麼的，到底是哪個混蛋放出來的？我看了紀錄片，也沒說清楚。妳死裡逃生，所以應該知道吧？」

「……」

寂靜像從天而降的冷水潑灑開來，店員和其他客人都往這邊探頭探腦，但沒有人敢隨便亂動。過了一會兒，一直沉默的鄭護現低聲怒斥。

「要是知道這樣有多失禮，就請不要再問了。」

「我是關心才來攀談幾句，怎麼會沒有禮貌，嗯？」

「她已經拒絕你了。」鄭護現又說。

「你又是誰？是她男朋友嗎？」

聽著聽著聽到了狗屁，誰是誰的男朋友啊？我不由自主地皺起眉頭。

金娜惠鼓起勇氣說：「大叔，請您別說了。如果是來喝咖啡的話，就請安靜地喝完咖啡走吧！」

「你們這些傢伙居然敢對大人無禮……」

「老公，不要吵了……」

「我看了網路上的消息，嗯？聽說那些都是捏造的？還說是有間諜為了殺死我們國家的人故意釋放病毒！那你們不也是一夥的嗎？都串通好了不是嗎？」

間諜？故意的？串通？腦中燃起冰冷的火花。只要稍微了解我是如何反覆回到聖誕節，在逃離校園後每天又是以什麼心情度過的，想必就不敢那樣說了。

不過那個怒吼聲，扭曲的臉龐，奇怪的是感覺很熟悉，但我不可能會認識這種長相像前衛藝術運動中立體主義的老頭啊。就算是偶然見過，也會馬上從腦海中抹去。到底是在哪裡看到的？

我皺著眉盯著那個傢伙，突然脫口而出：「4133？」

突然冒出來的四個數字讓所有人都目瞪口呆地看著我。男人的臉色變了，被我猜中了，我咧嘴一笑。

「剛才亂發神經的白色轎車，是你吧？」

「什麼？」

「危險駕駛，而且還是酒駕。馬的，花樣還真多啊。想撞車然後在牢房裡過聖誕節嗎？」

我一邊用吸管攪動剩不到一半的草莓汁一邊說。

男人滿臉通紅，感覺要燒起來了。

「你這個瘋子說什麼鬼話……」

他馬上抓住我的衣領，舉起拳頭準備動手，但和我正面相對後，頓時氣弱，沒敢真的揍下來。酒氣沖腦，汗水不停從他通紅的額頭流下。

咯噔，刺耳的聲音響起，來自韓彬的位子。

他依然面無表情地望著前方，但是手裡拿的叉子卻彎了。那可不是不牢固的拋棄式塑膠叉子，而是結結實實的金屬叉子。

驚慌的鄭護現拍了拍他粗壯的手臂。

「等一下，彬啊，你手上……」

「……」

「彬啊！韓彬！」

韓彬這才回過神來，鬆開了手。彎彎曲曲的叉子，不，曾經是叉子的東西掉進盤子裡。我們沒有人說話，就連剛才對我惡言相向的男人和站在他旁邊的女人也識趣地閉上了嘴。

「不好意思，如果在店內起爭執的話，會影響其他客人……啊！」

店員前來提醒我們，但看到掉在盤裡的叉子也嚇了一跳。

趁這個時候，女人強行將男人拉到咖啡店門口。

「我真的要瘋了，看你在搞什麼，我的臉都跟著丟光了。」

韓彬數度向店員鞠躬道歉，說很抱歉弄壞了叉子，還表示願賠償損失。

但店員瞥了我一眼，滿臉不情願的表情說不用了，想必是剛才在櫃檯發生的事情還心有餘悸，用一副像看到十惡不赦的犯人一樣的表情看著我，馬的，真想把叉子插在他臉上。

環顧四周，店裡所有人都注意到我們，有人帶著好奇的表情毫不掩飾地往我們這裡看，也有人假裝不在意，卻拿起手機敲打鍵盤，想必是在聊天群組或社群網站上寫「天啊，不敢相信，我現在在咖啡店裡可精彩了」之類的內容。

本來想教訓他們「看什麼看！」但還是忍住了，因為不想讓現再度陷入尷尬。

「我們走吧。」

我輕輕伸手去握住鄭護現的手指。

他回頭看了看我，露出苦笑。他現在是什麼心情，好像不說我也知道。

車子駛離咖啡店旁的停車場，載著一夥人朝民宿前進。

雖然不想載其他傢伙，尤其是韓彬，但也沒辦法，難得看到近來因為轉學準備而疲憊不堪的鄭護現露出久違的興奮神情。

「這車真好。啊，對了！護現哥哥。」

後座傳來輕聲細語。

「我上個月終於考到駕照了，我現在會開車，也知道冬天電瓶容易沒電。」

「哇，不但考了會考，還拿到駕照，娜惠今年過得很努力啊。」

坐在副駕駛座的鄭護現回頭笑著說。

對如此瑣碎的閒聊話題也認真予以反應，鄭護現就是這個樣子。是不是因為這樣，所以在我面前不敢說話的傢伙們，見到他就變得囉嗦了呢？

「彬，你有駕照嗎？」

「有。」

「什麼時候考的？」

「高中就開始騎摩托車了，汽車駕照是考完會考後……」

「高中？」

車內頓時一片寂靜。

「哈哈哈！彬，你的青春期真是太精彩了。那現在還會開車嗎？」

「不，因為我哥說危險，不讓我開。」

「夏恩姐姐不是也騎速克達上學？」

「是啊。因為學校太大了，如果要到其他大樓上課，沒車肯定會遲到。」

「速克達在哪裡？我怎麼沒見姐姐騎過？」

「被社團一個傢伙偷走了。他知道我都把車鑰匙放在櫃子抽屜裡，結果逮到機會就偷走了。有腦筋動那種詭計為什麼不用在棒球比賽上呢？真是的。」

「什麼？哇，真厚臉皮。那有抓到人嗎？」

吳夏恩停頓了一下，用沙啞的聲音回答：「在學校大門附近被發現的，和已經撞壞的車一起。因為沒戴安全帽，結果撞上路燈彈飛……當場死亡。」

「……啊。」

「真不知算不算不幸中的大幸，他當場心臟停止，所以沒受太多痛苦。」

「……」

「……」

感覺到後座一片冷洌的沉默，我繼續轉動方向盤，車子開進了民宿的前院，輪子滾過碎石子路發出咯咯聲。

鄭護現和其他人從幾個月之前就開始聯繫，準備我的生日派對，當然我根本就沒有意願，要我跟那些我一點興趣也沒有的傢伙在一起浪費時間，還不如待在家裡抱著鄭護現打滾一整天。但是他罕見的堅持，強調雖然不知道明年怎麼樣，但希望今年可以讓我度過一個熱鬧的聖誕節。

大家都經歷了多災多難的一年，對人多的地方感到厭煩，所以選擇這裡，遠離塵囂的獨棟山中民宿。

「風景真好，空氣也很清新，左看右看都是山啊。」

「是啊，姐姐，看看那邊的山，不覺得很像我們學校的後山嗎？」

沒有多想就脫口而出的金娜惠，話都說出口了才想到不大對。

「……對不起。」

大家進屋整理行李，拿出各自帶來的東西。

吳夏恩打開背包，裡面裝滿了綠色的燒酒瓶，幾乎沒看到其他東西。

「我的天啊！姐姐。」

「不是，妳到底帶了多少瓶……」

大家紛紛發出驚呼，吳夏恩笑得肩膀顫動，一臉得意。

「我就愛這一味。」

接著金娜惠也打開了包包，露出一大堆雜七雜八的東西。

「怕山路會暈車所以帶了暈車藥，還有解酒藥。餅乾、巧克力、飲料……還帶了泡麵。這是雞蛋和起司，加在泡麵裡很好吃。啊，對了，還有辣炒年糕，這裡還有粉條。」

「我們娜惠，真是辛苦了。託妳的福，這一趟會吃得很好，謝謝妳啊。」

鄭護現開心地笑著說，似乎已經完全放鬆自在了。

「我說要和朋友們一起去玩，我哥就買了這些給我。」

韓彬的包包裝滿了牛肉乾、堅果等下酒零食及罐裝啤酒，好像是要開啤酒屋的氣勢。

「我有這個。」

鄭護現則拿出了鮭魚和蝦，這是一般只能用零食或速食等廉價食品配酒的大學生聚會中很難看到的高級品，頓時四處發出讚歎聲。

「哇！」

最後，我放下從汽車後車廂內拿出的東西。「砰」一聲，沉重的冰桶放在客廳的地板上。蓋子掀開，在保冰袋中間是滿滿的新鮮牛肉。

「來的路上順便撿到的。」

我甩甩手不以為意地說，大家更是驚呼連連。

「哇嗚！」

院子裡的燒烤架上烤著牛肉，大家一起準備了米飯和小菜。

如果可以，我只想餵鄭護現吃任何他想吃的東西，其他傢伙管他們要吃生肉還是吃草，都不關我的事。

天空比剛才更陰了，站在火堆前烤肉，不但不覺得熱，反而很冷。看樣子晚上可能會下整晚的雪，明天回去的時候會很麻煩。

夾雜著火花的煙霧在寂靜的冬日天空繚繞，從口中哈出的氣透著雪白。

這是無比熟悉的情景，出現在牽著鄭護現的手逃離被火焰包圍的宿舍時，還有從引擎著火的汽車中慌忙逃出翻越圍牆時。

「有什麼需要幫忙的嗎？」鄭護現在旁邊探頭問道。

可能是打定了主意要幫忙，所以他早早挽起了襯衫袖子。剛才車震時被我壓在下面哭，現在卻好像什麼事都沒發生過一樣，一副端正的樣子。他這副模樣，要是被女孩子包圍的話，肯定會驕傲得不得了。

「換我來烤吧，哥哥一路開車應該很累了，你進去屋裡比較暖和，外面很冷啊。」

我瞥了一眼鄭護現露出袖子外的手臂，雖然比以前少，但還是有針戳過的痕跡。可能是因為皮膚白皙加上薄，不僅是針扎過的地方，連周圍也瘀血。叫我讓這樣的他來烤肉，然後我舒舒服服地坐在屋裡吃？我恐怕會消化不良。

「嗯，你可以幫一個忙。」

「是什麼？」

沒拿烤肉夾的手輕輕一揮，鄭護現就靠過來，我順勢把胳膊搭在他肩膀上。他是比別人高很多，但在我眼裡也不過是個小不點。

「那個啊。」我在他耳邊低語。

他又圓又軟的耳廓絨毛豎起，不知是因為天氣冷還是對我的聲音反應敏感。

「……」

鄭護現微微點頭，看到他臉上露出畏懼的表情，真搞笑。我放下搭在他肩膀的手，一把抓住了他的屁股。

「啊！」

他嚇得打了個冷顫，一下就把我推開。每次反應都這麼大，逗他幾回也不膩。他滿臉通紅，環顧四周，擔心被別人看見。

我看著他笑著說：「在外面烤肉，手都變冰冰的，所以要摸摸你熱呼呼的屁股暖暖手啊。」

「永遠哥，拜託，現在這裡並不是只有我們兩個人啊。」

「現啊。」

「怎麼了？」

「你為什麼不叫我永遠？」

「你說什麼？」

鄭護現露出詫異的表情。

「你都直接叫別人的名字，而且還非常親切。」

「他們是弟弟、妹妹啊，夏恩跟我同齡啊。」

「那從現在開始我也要當你的弟弟。」

「不，哪有這樣的！」

說著說著我認真覺得不高興了，以前只叫我學長或哥哥，偶爾會像發善心一樣叫我「永遠哥」，要聽他叫我「親愛的」的次數是少之又少。

「有啊，護現哥。」

我手一用力，正在烤的肉瞬間被夾子壓得流出了肉汁，看到這一幕鄭護現嚇了一跳。

「我……馬的，我說有就是有。」

「你突然這樣要我怎麼辦嘛？」

「那你就叫一次我的名字吧？有那麼困難嗎？嗯？護，現，哥？」

我咬著牙一個字一個字的說。

鄭護現慌慌張張抬頭看我，終於開口說：「永……」

突然門開了，吳夏恩探出頭來大聲喊道：「快進來吧！飯菜都弄好了！」

這時機真是絕了，鄭護現與我對視了一眼，立即回頭對吳夏恩說：「……喔！」

主菜是烤得焦香的牛肉，配上其他小菜擺滿了桌子。沒有事先定好菜單，大家只準備了自己想吃的東西，不過擺上桌後，看起來還挺像一回事的，很快地筷子、湯匙就在寬敞的桌子上交錯。

在超市買菜時，如果看到想給鄭護現吃的東西，我會毫不猶豫地放進購物車。在餐桌上看著因為吃到美食而眼睛發光的他，我也會食慾大開。這是其他人每天理所當然的日常生活，卻是我獨自戰鬥了許久才找回的日常。而且這不是任何人的錯。

填飽肚子，在正式開始喝酒之前，大蛋糕登場了。滿滿的鮮奶油上面放滿了草莓，乍看之下還讓人以為是座草莓山呢。

鄭護現拿著插了蠟燭的蛋糕出來，其他人在後面鼓掌。不知道他什麼時候準備這些，一想到他挑選我喜歡的蛋糕，小心翼翼帶到這裡來，在上面一根一根插著蠟燭，就覺得可愛斃了。

「祝你生日快樂，祝你生日快樂，親愛的永遠哥，祝你生日快樂！」

大家放聲高唱，只是在「親愛的」部分看著我的臉色只是做做口型，算那些傢伙識相，從頭到尾好好唱歌的只有鄭護現。

「哥，吹蠟燭吧。快點。」

鄭護現興奮地催促。看著他笑得那麼開心，我也不由自主地跟著笑，深吸一口氣，然後把蠟燭吹滅。瞬間再次爆發歡呼聲和掌聲。

去年生日，我在昏暗的酒吧裡收到是不知什麼鬼東西的生日酒；今年生日，我在明亮溫暖的民宿裡，吹熄插在滿滿草莓蛋糕上的蠟燭。

在我身旁的不是滿嘴狗屁和低級玩笑的傢伙，而是鄭護現。感覺怪怪的。

每個人面前都有一盤切好的草莓蛋糕，再把下酒零食、點心擺出來，杯子裡裝滿了酒。

吳夏恩率先舉起紙杯裡的燒酒說：「敬活下來的人們！」

「敬活下來的人們！」

有點好笑的口號。或許大家都這麼想吧，彼此互相看了看，然後都噗哧地笑了起來。幾杯酒下肚，氣氛變得更輕鬆了，但大家原本就沒什麼交集，能聊的話題有限，最後還是回到了那個時候。

「當時在行政大樓的人。」金娜惠說道。

「體育系的學生嗎？」

「嗯，剛開始覺得有點怪怪的，但看他們講話好像又很客氣，就放下了心防，結果沒想到是群垃圾。」

「當時被關在倉庫裡好不容易才出去，看到妳和夏恩，我嚇了一跳。」鄭護現說。

「我也嚇了一跳。看到護現你出來，我差點就要說『你怎麼從那裡出來？』」吳夏恩說道。

「啊，對了，護現哥不是說彬和我同年齡，還記得我當時聽了尖叫吧？」

「記得。妳聲音太大，還以為把殭屍引來了呢。」

「不過你知道嗎？彬的生日比我還晚。彬啊。你是十一月出生的吧？」

「嗯，十一月三十日。」

「剛認識彬覺得他長得有點嚇人，但後來才知道他很可愛。我上次聽到彬和他哥講電話，你知道他怎麼叫的嗎？『哥啊』。彬，你是這樣叫你哥的沒錯吧？」

「……是啊。」

「啊，怎麼辦！真的好可愛。」

「不管對護現還是永遠學長，都恭恭敬敬地叫哥。還有李敬煥，那個研究生。」

「……」

「……」

突然出現一名熟悉的已逝者的名字，像是被澆了一桶冷水似的，大家突然都閉上了嘴，頓時一片沉寂。

「一年過去了，但當時的情景到現在還清楚記得。」

「就是啊。」

「去年這個時候我們在做什麼？」

「我在寢室裡做作業。」

「我和社團同學在社辦規劃社團訓練。」

「當時在一起的人們，到現在還是不敢相信他們真的死了。振赫、李敬煥、教授，還有一起從行政大樓逃走的體育系男生，好像只要開學去學校就可以再見到他們似的。」

「其實我去過聯合公祭的靈堂。」吳夏恩說著，拿起燒酒瓶在自己的杯子裡倒滿酒。

大家的目光都投向她。

「一張張遺照好像沒有盡頭似的，因為幾乎都是年輕人，所以很多都是用學生證或者身分證的照片，偶爾有一些自拍的照片。當然有很多不認識的臉孔，但也有熟悉的臉孔。」

「……」

「有當時想殺我的人，也有被我用球棒擊倒的殭屍。當時滿身是血、爛乎乎的樣子，但在相框裡卻都穿著漂亮的衣服笑著……」

吳夏恩的話沒能說完，眼淚就撲簌簌落下，滴落在紙杯裡的透明燒酒上，在表面起了漣漪。她舉起摻著自己淚水的燒酒杯，一飲而盡。

「我們做錯了什麼？」

很基本的問題，卻沒有人可以回答。

金娜惠也跟著抽噎，韓彬只是呆呆地望著剩下一半的酒杯。

「放假留在學校是我的錯嗎？廣播說要大家放心，所以就相信了，乖乖地待著，這樣錯了嗎？為了生存打死那些變成殭屍的人，這樣錯了嗎？我們到底做錯了什麼，為什麼……」

「誰也沒有做錯。」

在哽咽聲中傳來鄭護現的聲音。

「夏恩，我們誰也沒做錯。」

平時只要稍微逗弄一下就會直打冷顫、反應過度，不時看我的臉色，卑微陪笑，甚至每次做愛時都會像壞掉的水龍頭一樣不停掉淚的鄭護現，這時卻如此冷靜，真讓人吃驚。

「可怕的事並非只會發生在犯錯的人身上。那是一場事故，任何人在任何時候都可能會經歷，就像天災一樣不可預測。這只是這樣而已。」

一年後的今天，鄭護現依然時而成熟時而傻氣，很會察言觀色、頭腦靈活，一樣遇到麻煩事就偷偷想辦法脫身，但即使如此，對於不義之事仍無法裝作視而不見。

我總是從他身上得到救贖，看他在我懷裡醒來，心情很好的伸懶腰、曬太陽時，露出孩子氣的天真笑容時，對我輕聲細語的時候，都感受得到，如果當下我雙手合十在他面前告解，他彷彿會一臉祥和地對我說：「赦免你的罪。」

就是這樣，我一次又一次領悟到，他是我唯一的束縛，也是永遠的解放。

沉寂的悲傷情緒仍殘留著，酒也喝得差不多了，雖然大家都努力裝作若無其事地閒聊，但氣氛卻大不如前。

幾個人齊心協力，瞬間將亂糟糟的桌子收拾乾淨。

韓彬單肩背起背包，向大家行禮。

「我差不多該走了。」

「這麼晚？再過一會就是午夜了。」

鄭護現慌張得連連眨眼。

「是啊，在外過夜家裡會擔心……」

「可是現在這麼晚，你要怎麼走啊？」

「我哥會來接我。」

「他開車？」

韓彬點了點頭。幸好到我的生日那一刻，不用看鄭護現和那傢伙在同一個屋簷下睡覺的樣子。如果韓彬要在這裡睡一覺再走，我會抓住他的衣領把他趕出去。

「啊，我也是。」

「夏恩妳也要走了？」

「彬啊，可以問一下你哥車上還有沒有空位？送我到車站就好，如果不方便，我就叫車。」

「不，我待會兒打電話問問能不能送姐姐回家。晚上太危險了。」

「姐姐，我也要跟妳走！」

突然大家一一收拾行李，察覺到異常的鄭護現急忙說：「你們怎麼突然都要走了？這裡不好嗎？還是覺得沒意思？」

「嗯……那個……護現哥。」

「怎麼了？」

「我們也不是那麼不識相。」金娜惠尷尬地說。

鄭護現依然一副不理解的神色。

「這話是什麼意思？」

「那個……是這樣的。」

金娜惠踮起腳尖，鄭護現一臉茫然，本能地低下身子。金娜惠在他耳邊竊竊私語，即使如此，因為就在一個空間裡，所以都聽到了。

「剛才你不在時，學長跟我們說了。」

「嗯？」

「吃飽了差不多就可以滾蛋了。」

「……」

「他還說，如果妨礙的話就要把我們殺了。」

鄭護現整個大大吃驚，他扭過頭來朝我這邊看，那副表情就像在藏了很多食物卻瞬間被搶走的倉鼠一樣。反正我沒什麼好愧疚的，也冷冷地迎向他的視線。

「看什麼？」

大家很快就收拾好到門口了，直到這個時候，鄭護現還是沒完全回過神來。

「我玩得很開心。」

「聖誕快樂！」

「永遠學長，我以為十二月二十五日可能成為我一生中最可怕的一天。但今天幸好是學長的生日，謝謝你讓我留下這麼美好的回憶。」金娜惠說。

這是我沒預料到的回應，但不管怎樣，我只希望他們能早一秒鐘滾蛋。我很沒誠意地點了點頭，剛要開門出去的金娜惠回頭看了看。

「對了，還有。」

「……」

「請多多關照我們護現哥喔。呵呵。」

民宿沉甸甸的木門關上，聽到外面院子裡傳來另一輛汽車開進來的聲音。不知是韓彬的哥哥還是姐姐還是弟弟，總之說要來接他的人好像已經到了。

寬敞的民宿裡只剩下我們倆，五個人中只有三個人離開，但整個世界似乎都睡著了，周圍一片寂靜。一直在發愣的鄭護現這才開始追問。

「哥，為什麼不跟我說……」

「是我過生日啊。等等過了十二點就是聖誕節了。」

「……」

「我們不是在交往嗎？」

「永遠哥。」

「生日和聖誕節，放著戀人不管，還叫其他傢伙來玩一整晚嗎？」

「我沒想到哥會有這種感覺，因為每天都只有我們兩個在一起，所以才覺得今天應該把他們找來一起玩比較好……是我想法太短淺了。」

「不管啦，現，你一天到晚只會道歉，卻一點都不了解我的心。」

「很抱歉讓你傷心。是我錯了。」

沒有笑容的臉龐頓時變得哀傷。我發瘋也不是一天、兩天的事，但他總是全盤接受，不管經歷了無數次重置後遇到的所有鄭護現都是如此。即使再怎麼討厭和抗拒我，但在需要道歉的時候還是會毫不猶豫地低頭。

一年前這個時候，有個傢伙說過，如果我有了戀人，要我確認一下背後是不是有翅膀。看來待會兒得脫掉衣服確認看看了。雖然見過無數次鄭護現的赤身露體，但為了以防萬一，還是得再確認一下。順便摸一摸、舔一舔。

「其實我也沒打算和其他人玩通宵，這裡有好幾間臥室，我想說玩一玩就可以去睡了。」

「所以你本來就只想和我睡嗎？」

鄭護現點點頭，真是再老實不過的孩子了，只不過來這裡住一晚，卻連臥室分配都想好了。說不定連明天大概幾點起床、早餐要吃什麼也規劃好了。

但這下怎麼辦？計劃被我搞得一塌糊塗。

「不過護現啊，分房睡有什麼用，我看這裡隔音不好，難道你要讓其他人也聽到你嗯嗯啊啊的聲音嗎？」

「什……什麼？」

「你在做愛時不是都會哭得梨花帶淚？你想讓別人都聽到嗎？」

鄭護現的平靜被打破了，頓時連耳朵都紅了，急著辯解。

「我才沒有那樣的想法！在這裡我只打算睡一覺就走，身體接觸可以回家再做。」

「什麼？聖誕夜外宿，而且還躺在同一張床上居然不做？那漫漫長夜你到底想幹麼？翻花繩？玩接龍？還是蠢到爆的枕頭大戰？」

「可以一起躺著聊天……」

「可以邊聊邊做啊。」

「過十二點再慶祝一次生日。」

「慶祝不須花太多時間，現在也可以啊。嗯？你說什麼？祝永遠生日快樂嗎？好，我收到了，謝謝。」

「……」

「接下來呢？難道你就想說完了就手牽手睡覺嗎？」

鄭護現小心謹慎說出來的提案都被我駁回。他連連眨著眼睛，低頭垂目拚命動腦筋。

「我們可以再喝一杯。為了和哥哥一起喝，我還特地買了甜甜的紅酒。」

我瞪著他像要吃了他似的，聽到這話忍不住笑了。鄭護現真是的，總是在毫無用處的地方踏踏實實地耍浪漫。在他說因為是第一次約會所以買了玫瑰花束給我那時，我就知道了，他與滿腦子只想讓他躺下，盡情舔、吸吮、親吻、做愛的我截然相反。

看了看民宿客廳牆上的鐘，快到午夜了。慘案開始的那一天，經過一年的時間再度來臨，我心裡忐忑不安，不知是內疚還是罪惡。

「好吧，就喝紅酒吧。聊天……算了，就聊聊天吧，照你說的。」

我們在床邊隔著一張小桌子相對而坐，除了一盞製造情調的燈外，其他照明全都關了，但還是可是看得清楚，因為窗外的院子裡有一棵大樹，樹上纏著小燈泡一閃一閃，房間裡也染上了溫和的色彩。

鄭護現熟練地轉動開瓶器，打開了紅酒，隨著輕快的聲響，軟木塞被拔了出來。

「這些都是什麼時候準備的？蛋糕也是，怎麼沒聽你說過就買來了。」

他低頭專心倒酒，然後看了我一眼，帶著調皮的笑容說：「來的路上順便撿到的。」

渾圓的紅酒杯內散發出一股清香甜美的味道，我們一口就乾掉和葡萄汁沒什麼兩樣的甜紅酒。對我來說也覺得太甜的酒，鄭護現眉頭也沒皺一下就乾了。

我們安靜地喝酒，沒有特別說什麼話，只是偶爾聊一下，欣賞外面閃亮亮的大聖誕樹。在紅酒瓶裡還剩下一半左右的時候，他放下杯子問道。

「哥哥去年生日做了什麼？在七十週年紀念館時我問過你……但你說不記得了。」

「是啊。」

「現在還是不記得嗎？」

那時我已快到極限了，數不清的重置記憶在腦海裡亂成一團。我偶爾會搞不清楚我叫什麼名字？我是做什麼的？我幾歲？

因此將所有一切都與鄭護現串在一起，無數次反覆回憶，鄭護現是二十四歲，所以我要加二歲就是二十六歲；他是經營學系，我是雕塑系，就這樣，努力掙扎不忘記自己。

逃出學校後，我們談了很多，就像第一次來到外面的世界一樣，不停地到處走動，那些對一般人來說理所當然的常識和記憶這才一一浮現，深深刻印的傷口長出了新肉。

我目不轉睛地望著空紅酒杯，玻璃表面閃爍著聖誕樹的橙色燈光。

「那天在校外喝酒，喝到凌晨。」

「因為幫哥哥慶生嗎？」

「嗯。然後有人說要換地方再喝，所以就回學校了。」

「這樣啊。」

「……」

我雖然開口了，但接下來卻沒再說話。一條看不見的繩子纏繞在脖子上，好像要把我勒斃。鄭護現絲毫未察覺異樣，舉起酒瓶，又把我的杯子倒滿。

「不想說也沒關係，就算不記得也不用勉強想起來。我們聊點別的吧。」

就在這時外面傳來響亮的聲音，是客廳裡的原木掛鐘，準確無誤地響了十二聲。

鄭護現微微一笑，「聖誕快樂。」

本想舉起裝滿酒的杯子，但最終還是放棄了，我握緊了拳頭。

「鄭護現。」

「是。」

「現啊。」

「……」

鄭護現沒有笑，他放下酒杯，靜靜地看著我。我們隔著一張小圓桌，從外面照進來的聖誕燈飾照亮了他的臉龐，背光的部分則有藍色的陰影。

去年聖誕節到底發生什麼事，我決心一輩子埋藏起來，因為就算老實說出來也不會有任何變化。但是日期越接近十二月二十日，夢到當時的次數就越多。

每當反覆做夢時，早已忘記臉孔和名字的人卻都變得格外清晰。當時混亂的對話、空氣中散發的酒味、乘車進入校園時感受到的奇妙心情，一切就像昨天才經歷的一樣生動。

我猛然醒悟了，如果不告解我的罪，我將永遠也擺脫不了聖誕節的束縛。而且告解的時機就是現在，必須是現在。

「其實我記得那天發生了什麼事。」

「……」

「我們回到學校，為了繼續喝酒，去了實驗大樓。」

我坦然說出口，不想確認鄭護現此刻的表情，眼睛低垂著只盯著桌面看，嘴裡徐徐吐出當時的記憶。

「我們真可憐，明明是聖誕節，但哪兒也去不了，就只能待在鳥不生蛋的深山裡。」

「主修的是很難找工作的專業，卻還要花很多錢。材料費加起來，幾乎可以買輛車了吧？說不定還可以在首爾租套房呢！」

「你們小聲一點，如果太吵的話，可能會有警衛來趕人。」

我不想參與他們的對話，只在一旁喝酒，酒真他馬的難喝，不由得皺起眉頭，雖然擔心明天宿醉，但現在暫時不想管那麼多。

「喂！」

我叫了一聲，旁邊一個大笑時連喉結都能看到的很吵的傢伙，一臉蠢樣轉頭看我。

我用手背擦了擦嘴角，拿著空杯子對他說：「倒酒。」

「喔喔。」

他舉起酒瓶斟滿了我的酒杯，其他傢伙也七嘴八舌插了進來。

「欸，我也要。你想自己一個人喝嗎？」

「大家一起把杯子拿來。」

「永遠本來不是嫌燒酒不夠勁所以不喝的嗎？」

「因為過生日所以特別想喝，是吧？」

一堆廢話，我根本懶得理會，只是盯著那些傢伙看。酒勁上來了，人臉都變得模糊不清。大家你一言我一句，都笑嘻嘻地倒了酒。

幾個人每人一杯，一下子就喝光了一瓶。

大家一邊喝酒，一邊吵吵嚷嚷的。

突然有人眼瞎弄翻了一碗吃剩的泡麵，裡面剩餘的湯汁灑了出來，把我的袖子弄濕了。

「幹，馬的。」

喝了酒之後，原本就沒多少的耐心指數變得近乎零，想也不想立刻飆出髒話。因為是黑衣服，其實看不大出來，但是泡麵味道很濃，而且又濕又油的湯汁滲透到皮膚，總之就是不爽。

「啊！對……對不起。」

心情不爽到了極點，我推開慌慌張張道歉的傢伙站起身來。

「你要去哪裡？」

「回房間。」

「幹麼突然要回去？」

「不是你要我滾的嗎？為了叫我識相點別再喝了，所以把泡麵弄翻濺得我一身不是嗎？」

「不是那樣的……」

「喂，同學。」

研究生叫我。他滿臉通紅仗著酒氣繼續說：「實驗室裡有洗滌劑，你先用那個洗一洗吧。不然等你回到宿舍，衣服上的污漬應該就更難洗了。」

我嘆了口氣回頭看著他說：「在實驗室嗎？」

「嗯。門卡，接住。」

他嗖地扔出了手中的門卡。因為醉得厲害有些失準，我伸長了胳膊勉強接住。

「哪間實驗室？」

「那邊走廊盡頭數來第三間。進去還有一個門，打開就是實驗室。」

「要再開一個門？」

「看了就知道。」

他嘻嘻哈哈地搖頭晃腦，實在很難期待那個樣子能說明得有多詳細。我拿著門卡轉身出去。外面一片漆黑，像綠洲一樣唯一燈火通明的休息室在我身後越來越遠。一條黑壓壓的走廊在眼前。剛才一直坐著沒什麼感覺，站起來走了幾步醉意瞬間都衝了上來，已分不清方向了。

「一、二、三……」

像醉鬼一樣喃喃自語數著走廊上的門，把門卡放在門鎖前，嗶嗶，門應聲打開。

門內也是漆黑一片，我一手扶著刺痛的頭，一手在黑暗中摸索著前進。窗外的路燈透過緊閉的玻璃窗照射進來，勉強看到內部的景象。

除了櫃子和架子上有試劑瓶和機器外，其他擺設就像一般大學的辦公室一樣普通，用隔板隔出一個個座位，每個位子都配備了桌上型電腦。

再往內走還有一道門，上面有個警告標誌。我想起了剛才研究生說的，要再開一道門進去，於是把門卡放在藍光閃爍的門鎖上打開了門。

「真是跟狗窩一樣。」

一看到實驗室內部就有這種感覺，即使是在黑暗中也亂得驚人。面積不大的實驗室裡密密麻麻有許多設備，看起來似乎已經用了二十年了。看似危險的藥品滿滿地塞在沒有任何鎖定裝置的保管箱裡，還有不知從哪裡傳來機器運轉的嗡嗡聲。雖然我也沒期待會看到像電影中那樣，一塵不染的白牆和排列整齊的尖端儀器，但眼前這些實在也太誇張了。

不過我們藝術學院的工作室也沒有太大不同，四周都是陳年的顏料痕跡，各種工具像用了一百年似的，而且因為在地下室，所以通風不好，空氣潮濕還有臭味。我們常常在那裡一待就是一整天，還要解決吃喝，有時還睡在那裡，那個空間也是慘不忍睹。不管我們系或理學院的學費都不少，真不知道學校收了這麼多錢都花到哪裡去了。

我直覺應該先開燈，否則東西這麼多這麼亂隨便碰到什麼不該碰的東西就慘了。可是不管我怎麼找都找不到電燈開關，真是要瘋了，而且我開始聞到衣袖裡散發出泡麵的味道，加上頭痛得要死，馬的，我為什麼要偷偷跑到別人的實驗室裡找苦吃。

不耐煩地到處摸索，突然手碰到一個東西，我立即按下去，但是燈並沒有亮。心想該不會是觸動了警報系統之類的，靜靜的等了一會兒，但什麼事都沒有發生。酒精讓反應變遲鈍，我又伸出手臂，找到另一個開關按下去，好像蒙對了，燈閃幾下就亮了起來。

洗滌劑在實驗室角落的水槽裡，看起來已經用了剩不到一半，瓶子上沾了不知是藥品還是污垢的黑色污漬，看了根本就不想碰。我費那麼多心力，結果就只為了找這樣的東西？

站在水槽前，把被弄濕的衣袖隨便沖洗，因為醉意一直迷迷糊糊的，離去前再回頭看看，一切都沒什麼異樣。

我關上燈關上門，若無其事地出去，一直都沒發現機器的嗡嗡聲不知道什麼時候停止了。

回到休息室時，大家已經醉得不省人事，沒有一個人清醒。

「門卡。」

「喔。」

我把門卡還給研究生，他滿臉通紅點點頭，舌頭打結喃喃自語。

「你沒碰別的東西吧？你要是亂碰我就死定了……教授會殺了我的。」

「剛才在找燈的時候……」

我想說好像碰到別的開關，但又沒發生什麼事，好像可以不用說，不過想想還是講比較好。正要繼續說時，研究生突然彎下身吐了。

「噁──」

我皺著眉頭往後避開。

研究生吐完就原地睡著了。

我一點都不想叫醒他擦一擦嘔吐物，於是轉頭看了看四周。

其他人也好不到哪裡去，有人鞋子脫掉，躺在沙發上打呼；有人也許是想喝水吧，抱著淨水器底座睡在地板上。還有不知是誰把燒酒瓶摔在地上砸碎了。

真是一片狼籍，我決定走人。

「喂，我要走了。」

「……」

「我走嘍。」

我用腳踢一個睡著的傢伙說，但沒有得到任何回應，看樣子他們會一直睡到早上，直到其他學生或職員來，最慘就是被教授發現。算了，不關我的事，我沒那麼講義氣把他們一個一個叫醒，或送回宿舍，我毫不猶豫地轉身離開。

走回宿舍，迎接我的是空無一人的漆黑寢室。每當吐氣時都會有冰冷的酒精味，胃裡感到一陣酸噁。

我胡亂脫掉衣服，進入浴室，用熱水沖澡後總算清醒了一點，但睡意更濃了。我隨便把頭髮吹一吹，光著上身只穿褲子就倒在床上。

明天的事明天再說，剛才實驗室的景象、我的手咔嗒一聲按下開關的觸感，都在腦海中被沖洗得一乾二淨。

就這樣來到聖誕節早晨，喝醉酒到清晨才回來的室友發生變異襲擊了我。這就是惡夢的開始。

那天晚上發生的事情在我心裡一團亂。聖誕夜晚上在外面喝了酒，坐著不認識的學長的車回到學校，然後頭痛得快裂了，在宿舍裡一直睡到早上。就這些，被酒精浸透的大腦只記得這些。

後來加上反覆回溯重置，記憶變得更模糊，甚至連關於我自己的事都模糊不清了，不可能想起半夜喝酒後做了什麼。

然而在反覆死亡的過程中，我得到有關這一事件發生的線索。不記得是第幾次重置，也不記得是誰告訴我的，總之是某實驗室病毒變異外洩而造成這次事件。這個訊息留在我的腦海裡，當時聽到並沒有特別反應，就那樣過去了。這個學校裡有無數的實驗室，而我的主修專業與那些研究和實驗相去甚遠。

直到在與鄭護現一起騎著腳踏車，穿過白雪覆蓋的運動場來到行政大樓，在那裡遇到的一位研究生說。

「凌晨時分好像不知道是誰把溫度還是照明調節裝置弄錯了，病毒突然發生變異，導致異常增殖？大概是那樣。」

當時瞬間覺得有點奇怪，卻又無法準確指出哪裡怪。只能極力忽略深入腦海奇妙的既視感。然後，在最後……乘坐教授的休旅車前往學校大門時，經過實驗大樓前。那棟大樓我在這間學校只去過一次，就一次，在聖誕節凌晨。

看到陰森森的大樓那一刻，忘卻的記憶又重新復活了。

圍了黃色警戒線的大門和因停電而成為無用之物的門鎖，交疊在我的記憶中。那天晚上研究生在大門前用門卡打開門，而停在建築物旁邊的汽車正是那天晚上我坐回來的車。

據說病毒在聖誕節凌晨因為某種原因而變異。因為正好是放假期間，而且又是假日，所以很晚才發現。直到早上，有人進去檢查病毒培養狀態受到了感染而開始擴大。會在聖誕節早上進實驗室的人，就只有徹夜留在學校的研究生。

受感染的人心臟驟停，但很快就復活，所有的理性都消失，只剩下食人的慾望，於是走出去找其他的人類……

嘎吱、嘎吱、嘎吱。腦子裡接連出現驚悚的聲音，拼圖碎片一一拼湊在一起。

「病毒就是從那裡外洩的？……因為有人誤觸了調節裝置？」

「學長。」

「馬的，是那個嗎？就因為那個我……一再重來……」

我想否認。是我搞錯了，是我瞎猜的，但是所有的線索都指向同一個方向。

一起喝酒的同學介紹研究病毒的研究生、口口聲聲警告說不能碰其他東西的研究生的聲音，還有當我獨自離開休息室時，醉得不省人事睡翻的那些人。

「這是懲罰？我做錯了什麼……」

他們的影像浮現在眼前，不是我最後記憶中爛醉如泥的樣子，而是全身腐爛到處掉著肉塊、流著膿水的可怕模樣。

他們異口同聲地喊著：是你做的吧？就是你！是你，都是你的錯！你是兇手。都是你害的。

「是我……」

放在桌上的手控制不住地顫抖，我像告解一樣雙手合起來，但沒什麼用，我像掉進深水裡的人一樣憋住氣，然後再慢慢吐氣，接著說：「是我做的。」

鄭護現一句話也沒有說，只是端正地坐著、聽著，他的沉默在今天感覺特別可怕。地獄般的時光流逝，他終於開口說話了。

「我想過可能有什麼隱情。」

意外的開場白，我咬著牙等他繼續說下去。

「經過實驗大樓的時候就覺得哥哥有點奇怪，所以當時我就猜到一定有什麼我不知道的事。後來有好幾次你好像想說什麼卻欲言又止，就是這件事吧？」

是的。每次想開口，卻又沒有勇氣，結果只能又裝作沒事一樣。鄭護現用驚愕的眼神看著我，如果連他也指責我的話……

「一年……」鄭護現喃喃自語。

他的目光看向我突然顫抖的手。

「一個人忍了這麼久。」

「本來打算一輩子都不說的。」

「為什麼？」

「為什麼？為什麼？你問我為什麼？因為我害怕得要死。」

我的聲音像失去理智一般尖銳，鄭護現默默地看著我。

「我就是電視上說的釀成慘案的兇手，就算被全世界人罵一輩子、被打上兇手的烙印我都無所謂，什麼懲罰我都可以接受，因為就是我造成的。但是你，護現，如果連你也討厭我的話，我真的就沒辦法了。」

「我剛才不是說過了，沒有任何人做錯了什麼。」

「不，是我的錯。如果我當時沒有進去，如果我沒有隨便亂按，如果我當時馬上坦誠以告我做了什麼事的話……」

「那我們就不會相遇了。」鄭護現說。

「可是……」

「就算是哥哥的錯。」

他打斷我的話。

「但哥哥已經受到很大的懲罰了。現在沒事了。」

鄭護現握住我的手，我一直握拳發抖手都發白了。他輕輕揉搓我的手背和關節，緊握的拳頭慢慢鬆開了。

他小心翼翼地托起我的手，把我的手指一一鬆開，因為握得太緊，手掌上都留下指甲印，他低頭親吻我的手掌，那是讓人感到虔誠的吻。

我愣愣地看著他，沒有真實感。我一直想像可能會有兩種結局，不是一輩子不說出口，自己飽受罪惡感折磨，就是說出真相後，鄭護現從此憎恨我、鄙視我。

然而現在，是我從不敢奢望的第三個結局。

「……」

我的眼睛痠痠的，我慢慢眨了眨，冰涼的液體順著臉頰流下。

鄭護現抬起頭看著我，我們四目相接。

我伸手摸了摸他被聖誕燈飾照亮的臉頰，乾爽。之前只要稍微碰一下就流淚的他，這時候卻如此平靜，看不到眼淚的痕跡。

因為我的錯誤，失去了學校、失去了同學，身上滿是針孔和疤痕。因為是唯一的抗體擁有者，說不定他接下來的人生都很難平靜，這樣的他不介意嗎？他還能原諒我嗎？

平常只要被我一碰就不敢動的鄭護現漸漸靠近我，我很自然地閉上了眼睛，眼眶裡殘留的淚水簌簌流了下來，接著，柔軟的嘴唇觸碰到我的眼皮，像要融化一般的甜蜜滋味從心底升起。

奇妙的夜晚，一切都很陌生。我們像平常一樣擁抱、接吻、互相愛撫，但還是有些不同。

雖然我揪住他的領口粗暴地吻他，桌子上的空杯子倒下發出聲音，但兩人都沒有在意。我們野獸般的呼吸聲填滿了整個空間，酒香瀰漫在纏繞的舌頭上。

「啊——啊——」

我們吻得難分難解，鄭護現呼吸急促，他放下在我背上的手，拉起我的毛衣，溫暖的手摸著我赤裸的腰，瞬間眼睛失焦。

我把他推倒在床上，橙色的聖誕樹燈飾在他眼中閃爍，散落在床單上的棕色頭髮顯得耀眼金黃。我把毛衣脫掉，上了床。躺著的鄭護現像等了很久似的，伸手摟住我的脖子。我像猛獸一樣撲上去尋找獵物，咬著他的下巴、脖子和耳垂，尚未乾涸的淚水浸濕他的肌膚。

他穿著襯衫，除了第一顆扣子其他都扣得整整齊齊，看了就礙眼，我不滿地咬了襯衫領子，鄭護現伸長了脖子，摸索著我的前胸，接著啪嗒一聲，鬆開了我的腰帶。

「以後在我面前別穿襯衫了。」

他在氣喘吁吁的呼吸中發出警告。

我騎在他身上，手忙腳亂地解開他的扣子，結果才解開兩顆就沒耐心了，一把扯開，彈出的鈕扣在床單上滾動。

鄭護現碰到了我的褲頭，可能因為和自己穿衣服的方向相反，解開也不大順利。我受不了把他的手拿開，直接自己解開褲頭，拉下拉鍊，順便連他的也一起解開，兩邊一抓拉下他的褲子。他的性器已經起來一半了，急著想衝出內褲，看起來很誘人。我用手包裹住他內褲裡的生殖器。

「這麼快就站起來了。」

「哥……啊。你也……」

「對，我的鳥快要爆炸了。」

不需要隱瞞，也沒有理由害羞，我們坦誠相對。鄭護現用力緊閉雙唇，抓住我的肩膀，似乎是想騎在我的上面，於是我放鬆身體，順勢側身躺下。

想起了第一次接吻的時候，在中央圖書館一樓咖啡廳的地板上。冰冷的空氣中飄浮的灰塵和瘋狂跳動的心臟，以為鄭護現俯視著我時那濕潤的眼睛，至今還歷歷在目。

鄭護現低下頭親吻了我，我張開嘴吸吮他的舌。他伸手慢慢地撫摸我帶有疤痕的脖子和胸膛，我嚥下呻吟，但當他的手再往下握住我的分身時，我再也忍不住了。

「呃。」

我發出低沉的呻吟，原本就勃起中，這下更興奮了，清澈的液體滲出把內褲都弄濕了。他觸摸著內褲包裹的厚厚輪廓，最後乾脆把內褲扯下，迫不及待的大根蹦了出來。

「想摸哥哥的老二嗎？小現現，今天怎麼這麼討人喜歡？是給我的生日禮物嗎？」

「哥的……總是濕……濕濕的。」

鄭護現微微皺起眉頭凝視著我的肉棒。好像努力在模仿我，嘗試說一些淫言穢語，但即使這樣，我只看到他的白淨漂亮，說什麼我都聽不下去。

真是，怎麼會有這麼可愛的孩子呢？我嚴肅了起來，笑也不笑，一把抓住他的手，放在我的性器上。

「嗯，濕濕的吧？因為你啊，我都快要發瘋了，再多摸一點，快，你可以摸到我射精為止。」

「……」

鄭護現無聲露出驚恐的表情，似乎是這輩子第一次見到這麼無賴的人。

但下一步他卻做出了意料之外的行動，不再說他做不到，也不再抗拒我的指示……他用雙手捧著我的分身，低頭含在嘴裡。因為他的嘴巴小，所以進去部分並不多，但他依然憋著氣張大了嘴，盡最大努力含進了一半左右。

他把頭埋在我大腿之間，用盡全身的力氣吸吮，時而用手輕輕揉搓陰莖，時而撫摸陰囊。雖然努力是我的想像，不過說好聽點還是不算熟練的愛撫，甚至因為難受，含著我的肉棒哼哼唧唧的。

「呃——呃——呃——」

但那笨拙的愛撫讓我性慾高漲，看他尚有絨毛的白皙臉頰鼓鼓的，嘴唇艱難地蠕動，真是可愛極了。興奮得呼吸變得更急促，小腹和腹股溝內側肌肉僵硬了起來。

再也無法忍受了，我輕輕按壓鄭護現的後腦杓，讓性器更深入。就這樣往返了幾次，再把生殖器從他口中拔出來。唾液和前液混合在一起，從我的前端到他的嘴角。鄭護現臉頰發紅，痛苦的連連咳著，倒在床上。

「我想操你的老二，現在馬上。可以吧？嗯，好。」

我沒等他回答，一下就把他的內褲扯到腳踝脫掉。把他大腿張開，一頭埋進他的胯下，毫不猶豫地吸吮他那彷彿要噴汁的漂亮性器。

鄭護現的腰向上挺起，生殖器滑溜溜地進入我口裡，頂到了我的上顎。我壓住他的骨盆，因吸吮而臉頰凹陷。

「哥，慢一點……啊！啊！啊！」

鄭護現無力的扭動身體，一副欲仙欲死的模樣，剛剛吸吮我的分身而發紅的嘴唇也無助的張開，太性感了，那個在別人面前文質彬彬的鄭護現去哪兒了？

我吸吮著，一隻手抓著自己的性器揉搓，手上很快就被體液弄得滑溜溜的。我用濕漉漉的手指揪住他的屁股肉，直鑽進洞裡。鄭護現承受著肉棒被啄食的感覺，根本就沒意識到後庭已經大開，只是抽噎著。

輕輕移動被熱呼呼的內壁擠壓的手指，稍微放鬆一下，一邊用舌頭滾動他的前端，同時輕輕按壓最敏感的部位。

鄭護現全身在那一瞬間僵直，原本亂抓床單的雙手和猛踢我的兩腳，都停止了動作。

「啊——啊——」

張開的嘴沒有合攏的跡象，而內壁更加緊縮，用力咬緊手指。他本能地把腰往後想逃避，但我又插得更深。嘴裡一瞬間湧出精液，我全都嚥了下去，喉結幾度上上下下。

用舌頭把尿道口湧出的體液都舔乾淨，直到沒有東西出來才放了他。而他咬著我手指的屁股高挺在半空中，一陣抽搐後落在床上。

「你怎麼連老二噴的汁都那麼美味？」

我滿意地咂了咂嘴，鄭護現則像斷了線的布偶一樣軟癱，連回答的力氣都沒有。

「從後面稍微使點勁就射了啊，我們小可愛比起吸別人的，更喜歡被插是吧？這麼性感，怎麼辦啊？」

他只要呼吸急促時，小腹就會上下起伏，我隨著他小腹的起伏，手指在內壁有彈性地捏了又放，要是分身在裡頭，說不定早就射了。接著我把纏在手指上的肉甩掉，拔了出來。

「現啊，現在這一切你都會記得吧？」我摸著他被汗水浸濕的瀏海問道。

一股沉浸在快樂餘韻中的視線投向了我。

「你不會忘記我剛才說的話吧？」

「……」

「以後也會一直……喜歡我吧？」

他的眼神扭曲得像要哭了似的，但答案並未等太久。

「會的。」

「就算我做了那件事？」

「沒關係，我無所謂。不管哥哥做過什麼，或將要做什麼。」

我聽了撒嬌似的投入他的懷裡，他自然地摟著我的背輕輕拍了拍。

「叫我的名字。」

「永遠哥。」

「不是這個。」

他猶豫了一會兒，透明的眼珠直視我的眼睛，然後小心翼翼地悄悄說。

「……永遠啊。」

我一時忘了呼吸。

「我會一直記住，所有的一切。」

鄭護現笑了。像落在廣闊的原野上，沒有被踩踏過的美麗微笑。

接著他又說：「我愛你。」

我像著了魔似地吻他，除此之外，我想不到還能做什麼。他輕輕閉上眼睛，給予熱情的回應。我們在閃爍的聖誕樹燈光中親吻，像是第一次也是最後一次，又像繞了一大段路終於到達目的地，赫然發現終點就是起點。

他撫摸著我的背脊，我則緊緊摟住他的腰，彼此的手互相揉搓著對方，翻來覆去，抓著臀部，撫摸大腿，發出一陣陣的嘆息。

我叉開他的雙腿，卡好位置，打算好好慰勞他，但這樣好像有些不夠，想要更深、更多接觸。我想把我的肉棒插到盡頭，直到陰囊整個緊貼在他屁眼為止。

想把溫暖、溫柔的鄭護現體內全部搗碎，用我來填滿。他應該會笑著說「哥哥，沒關係，我喜歡你」，然後乖乖地接受吧？

抬起一條腿掛在我的肩膀上，雙腿間大開，屁股微微翹了起來。像染了紅花般的後穴與熱源接合，感受到性器即將插入的鄭護現緊閉雙眼。

我雙手抓住他臀部的肉，腰部用力，承載我體重的肉棒慢慢向前鑽了進去。

「呃——」

鄭護現可能覺得吃力，感覺總是想逃，而我就會抓住他的臀部，重新扒開，用整個手掌按摩修長的大腿內側。裡面太窄了，蜷縮的姿勢根本無法插入，唯有這樣才能一寸一寸地放進去。

插入的大根在中途卡住了，都還沒一半呢，鄭護現摸著自己的小腹，急切地想懇求什麼，但口中只發出斷斷續續的呻吟。

「嗯、嗯、嗯。」

不管如何愛撫讓他的後穴和內壁變得軟綿綿，甚至要融化的地步，但只要我把肉棒插進去，感覺他都會很難受，哭鬧是家常便飯，常常還沒開始用力就先流下眼淚。況且今天兩人都很急切，所以前戲沒進行太久，對他來說確實很吃力。

是啊，沒辦法，鄭護現就像果汁軟糖一樣又甜又軟，一不小心就會把他弄壞，所以必須誠心誠意讓他融化再慢慢品嚐。

轉過頭去，看到床邊有一張迷你小桌子，一個紅酒杯立起，另一個紅酒杯倒下。性器一半插在裡頭，我伸直了胳膊，鄭護現痛苦的哽咽了。

「永遠哥……你不要動，我肚子好緊、好痛。」

「嗯哼，等一下喔。」

「感覺真的要裂開了……」

我輕輕拍拍他掛在我肩膀上的腿，把杯子拿過來，喝了一口濃甜的液體，然後吻了他的唇。

隨著我的上身放低，鄭護現的身體幾乎折成一半，可能是氣喘吁吁，連我灌進他嘴裡的酒都沒能好好喝下，從嘴角流下。

「嘴要再張開一點，都流出來了。」

「呃——呃——」

「下面的洞不張開，上面的洞也不張開，嗯？甚至於連鳥都不能好好吸，小可愛，你到底會什麼啊？就只會哭得可可愛愛嗎？」

「不是。」

「什麼不是啊？那為什麼紅酒都流出來了，射在裡頭的精液也流出來了。」

「不是……」

一邊安慰抽噎的鄭護現，一邊一點一點插入。用嘴餵一口紅酒，然後輕輕把性器推進一點，再餵一口紅酒，再推進。

即使是香甜的紅酒，酒精濃度也不低，而且鄭護現的酒量並不好，隨著酒氣上升，在我下方的身體漸漸放鬆了。

「哥，嘴唇好甜。」

「我的嘴唇？」

他點點頭，吐出一口氣，混著酒香。

頭髮在床單上磨擦，沙沙作響。他的臉頰紅得連在橙色的燈光下也能看出來。

「……好像在吃糖一樣。」

他輕輕地笑，真是可愛死了。我也忍不住跟著他笑，又把下身稍微往前推了一下，性器刺激又熱又脹的內壁。

「啊～」他爆發了短暫的呻吟。

「你不是不喜歡吃糖嗎？」

「哥……沒關係，因為是你。」

「那要不要再多一點？舌頭呢？」

鄭護現沒有回答，而是捧著我的臉頰親吻。他的手也熱呼呼的。

接下羞澀的吻，性器接著插入，慢慢深入，終於撞到了裡面。

被水潤、熾熱的肌膚淹沒的感覺，讓我不由自主發出滿意的呻吟。

鄭護現也吐出一直憋著的氣，似乎想通過內壁確認進入自己體內的性器的形態，他的小腹間歇性地緊繃又放鬆，這樣隨時隨地性感外露也算是特殊才能。

稍微醞釀了一下，再進行下一個環節。我抓住他另一條腿，壓在我大腿下，緊緊貼在一起。

「嗯。」

呼吸趨於和緩的鄭護現睜開了眼睛，面對第一次嘗試的體位他明顯感到驚慌失措，不自覺扭動著腿，但是一條腿搭在我的肩膀上，一條腿壓在我腿下，身體完全動不了，無所遁逃。

緊貼著的腹股溝翻騰了起來，他掛在我肩上、騰空的腳尖也跟著晃動。這樣確實比其他任何體位都還要更深入，被濕漉漉的黏膜包裹到性器根部的感覺令人暈眩。

「啊，啊——呃——啊啊！」

每次我往前頂時，鄭護現的身體都會猛地向上，再這樣下去感覺他會撞到床頭，於是我抓住他的肩膀把他往下拉。

他等於是被困在我正下方，一時不知所措，只得伸手摟住我，把臉埋進我脖頸。

我稍微換一下角度再頂進，濕潤又軟綿綿的內壁不停地抽動，像是要把我的肉棒榨乾似的，又像是在求我快點射精。我瘋狂地撞了一會兒，感覺這樣下去會把鄭護現操壞，於是暫時停下來。

「嗬、嗬。」

我手撐在鄭護現身邊大口喘氣，他也氣喘吁吁抬頭看著我。不知什麼時候已經哭了出來，滿臉淚水。

在我們身體貼合的部位不知是前液還是什麼，把胯下都弄濕，一直到大腿都是。因為剛才被我拍打，他的臀部和大腿內側都變紅了，在我的小腹上摩擦的陰囊和性器也紅腫，撐到極限的後穴，仍咬著我的肉棒不放。

真是絕了，眼前紅成一片，原本是為了冷靜一下才暫停的，現在感覺反而更亢奮了。伸手拿起紅酒杯，酒現在最多也就剩一、兩口了，全都倒在鄭護現的胸膛。

「啊！」

發燙的身體突然被淋了冰冷的液體，他頓時嚇了一跳。

我低下頭，嘴含住他淡粉紅色的乳頭，其他部位都變紅了，腦袋裡現在只想著要讓他的乳頭也變紅，我一邊舔著、吸著沾滿甜紅酒的乳頭，一邊慢慢扭動腰部，下體嘎吱嘎吱作響。

「你的乳頭也有甜味，好像在吃糖。」

含著乳頭說話，發音都含糊不清。

「在客廳應該都能聽到你的哭聲，是吧？」

鄭護現扭動著腰，紅酒和體液浸透全身，他雙腿大張，隨著分身前頂的動作呻吟的樣子真是太過煽情了。

「我就是打算和你熬夜做愛，但你居然想和其他傢伙一起睡在這裡？不想做愛嗎？」

「如果他們在外面，那可就糟了啊。你哭得這麼大聲，這樣還管得到其他傢伙嗎？嗯？」

「呃——嗯，嗯——」

他眼睛都睜不開了，慌慌張張地搖搖頭。

我身體動得更快了，隨著從上到下的動作，鄭護現的內壁也充滿了力量。

我低下頭在他的耳邊悄聲說：「現啊，我只有你。就算會失去一切，我也要擁有你。」

「……」

鄭護現眼神迷濛，濕漉漉的棕色睫毛哆嗦發抖，用火熱的眼神看著我，輕輕地笑了。

「護現……全都是哥哥的。」

從胸口開始，熱騰騰的氣息一下子往上湧，侵蝕整個腦袋。管他什麼自制力，全都煙消雲散，我再也忍不住了，抓住掛在我肩膀上的大腿，不停用力地頂，像是要把骨盆頂到粉碎。不知是不是因為太刺激，這體位太累，鄭護現的小腿瑟瑟發抖。

放下腿，我把他粗暴地翻過身，用雙手扒開臀部，將生殖器對準敞開的後穴插進去，濕潤的內壁像等待許久似地纏繞在陰莖上。

「唏！唏！唏！」

再次進去猶如直搗黃龍一般，原本跪著硬撐的鄭護現徹底倒下了，我騎在他身上，又咬又舔他骨架突出的肩膀和背部，在他白皙的皮膚上留下星星點點的痕跡。看來他沒有翅膀。

「呃——啊——」

仰頭吐出火熱的呻吟，漸漸喘不過氣來。我用力抓著分身反覆抽出再插入，接連不斷撞擊內壁，每一次用力，鄭護現就會發出近乎哭泣的呻吟，同時卻又收縮臀部肌肉像要吞了我的肉棒，簡直要瘋了。

啪、啪、啪，越是推進，裡面就越窄。細密的肌膚咬住我的生殖器不放，我牙一咬，腰部用力拔出。在裡頭繞了一圈的前端，好不容易才出來，前一秒還在鄭護現體內的性器氣勢洶洶地晃動。

鄭護現無力地趴著，我把手伸到他腹部，將他上半身扶起，抱著他，摸著他的乳頭，慢慢地坐下去，從下面開始插入。鄭護現慌忙回頭看著我。

「怎麼又突然……」

他顫抖的手搭在我大腿上，又搭在胳膊上。屁股不由自主地晃動，似乎想要甩掉加諸在他身上的重量。

「這樣很奇怪，進來得太多了……呃……不行啊。」

「沒關係，放鬆，就這樣就好。」

「受不了了，啊！這樣下去我真的會死啊，裡面要炸開了，血都要流出來了……」

「好、好，我們小現現真可愛。」

不管他說什麼我都一律用可愛來回應，不管三七二十一還親了他的臉頰。本來想再多逗他一下，但現在我也忍不住了，我手握住他的腰，調節肉棒退出來一點，然後由下往頂。

「呃——啊！啊！啊！」

和剛才相比，呻吟更高亢。因為改變了體位，更對準了性器敏感的部分。

為了強忍住過度的快感，他的腿在我身上亂顫。

我用腳後跟用力把他的腿反壓在床上，他的腳尖都蜷縮成一團，把床單弄皺了，內壁在不斷地翻騰，繼續這樣下去，看來就要射精了。我閉起眼睛，氣喘吁吁。

「嗯、嗯——昂！」

「昂？」

我忍不住噗嗤一笑。但老實說，我也沒那麼悠哉，好想射，現在只想快點射精。我揉搓著上下搖晃的鄭護現的性器，加快了速度，性器很快就燒燙燙的，不知從何時起，他一下子仰起了頭，用力抓住我的手腕留下了痕跡，全身都僵直了。

「啊、啊——！」

因為哭得太厲害，鄭護現聲嘶力竭，精液從半空中噴了出來。堅硬的內壁緊咬著我的性器，感覺都快炸開了。精液灑在白色床單上看起來讓人非常興奮。

我把他的屁股壓下，然後用力挺起腰來，使勁力氣像要把內壁肌肉攪亂的氣勢射精。在射精過程中反覆將性器退出又再重新插入，咕啾咕啾擠出的精液塗滿整個內壁。

「啊、啊、啊、啊……」

鄭護現一度軟癱，什麼也做不了。

我抓住他的骨盆抬起拔出性器時，他也毫無抵抗任由我擺布。

「張開你的屁股。」

射精的餘韻讓聲音沙啞了，他神魂顛倒聽從我的指示。如果在平時，肯定會哭哭啼啼害羞而不敢做。由於摩擦，後穴紅腫，微微迸開，從縫隙裡嘩嘩地流淌出灰白色的精液。

鄭護現竟然在我面前自己露出後穴大開的屁股、滿是精液的洞，真是太性感了。腦子裡熱脹脹的，我的肉棒還挺立著，直直朝向前去。

「保持這樣，很好，再來一次喔。」

「什麼？」

鄭護現的眼中重新出現了焦點，他嚇得蜷縮著腿想爬到床的另一邊，我一把抓住他的腳腕，把他拉回來。

「呃啊！」

「不要走啊，小可愛。你不是說你全都是我的嗎？你要去哪裡啊？」

「不是，那個……等一下……還要做？」

「我說過了，我要通宵。」

「嗯……那個……中場休息！沒有中場休息時間嗎？」

「哪有這種事。」

「剛才那麼痛苦，怎麼能馬上再來一次呢？哥哥不覺得有點過分嗎？憑良心想想……」

「蛤？什麼？我是個沒良心的小子。」

「如果再來一次，感覺就會頂到嘴了。」

「別擔心，我餵你喝了紅酒，還烤肉給你吃，你接下來想要吃什麼我都會餵你，直到把你養得胖乎乎為止。」

「能不能一半就好？還是一半的一半？」

沒有做愛的力氣，卻有滔滔不絕瞎扯的力氣，鄭護現找了各式各樣的藉口，但最終還是與現實妥協，乖乖投入我的懷抱。

我忍不住大笑，吻了吻他的鼻尖。

窗外的聖誕樹依然閃爍，照亮了黑夜。

不知不覺，在如背景一樣展開的夜空中，落下一片片雪花。

一睜眼，視野裡一片白亮亮的，眨了幾下眼睛，才看到一個陌生的實木天花板。我呆呆地望著天花板，過幾秒鐘後才清醒過來。啊，對了，這裡不是我家，是民宿。

透過玻璃窗看到的風景淨是白色的。下了一整晚的大雪，民宿的前院全都被白雪覆蓋，光禿禿的樹枝以及停在院子角落的車都積滿了雪。昨晚一直在窗邊閃閃發光的聖誕樹燈飾，不知什麼時候熄滅了。

從天地邊際線分不清的明亮景色中，把視線轉回我的懷裡，鄭護現還沒醒來。整整折騰了一夜，他也筋疲力盡了。

他的頭髮披散著，紅紅的眼角還有淚痕，看了令人心疼。露出被子外的脖子和肩膀上布滿了五顏六色的痕跡，那是我熬夜刻下的印記。

不只脖子和肩膀，以下的部位更嚴重。他全身上下都有我留下的痕跡，我甚至還把頭埋在他的腹股溝裡含著會陰吸了一大口。他聲音嘶啞發出無助的呻吟，一直嗯嗯啊啊的。在漫長的性愛結束後，根本腳軟到無力去沖澡，就那樣任憑後穴流淌出精液，癱軟在地。我用毛巾幫他擦洗身體時，他就已經昏昏沉沉地睡著了。

聖誕節的早晨來臨，但是世界並沒有變。看不到令人厭煩的寢室天花板，也沒有躺在另一張床上想殺我的室友。

外面正在飄著雪，鄭護現安適地躺在我懷裡酣睡，這就是聖誕節早晨的全部。

鄭護現在睡夢中不由自主拉起了被子，雖然開著暖氣，但光著身子睡覺還是很冷，他把被子直拉上來包住了裸露的肩膀。

我不經意看了看自己的手，感覺有點奇怪，再仔細一看，關節凸出，到處是老繭和傷疤，但有一個地方不一樣。

手背上那道細細的疤。第一次回歸重置時，在洗衣房裡一個不認識的男孩給我 OK 繃貼住的那個疤痕不見了，就像用橡皮擦擦掉一樣乾淨。

到底是什麼時候不見的？幾個月前？幾天前？還是昨天？沒有頭緒，我也不是每天都會仔細觀察自己身體的人。

鄭護現曾經說過，刻在我身上的傷疤正在逐漸恢復。但是在我看來好像沒有什麼變化，每次透過鏡子看到的自己依然滿目瘡痍。

但他又笑著說：「因為是自己的身體，所以很容易忽略，但是我看一眼就知道了。你看，這裡比之前淡多了。」

我以為他只是為了安慰我才說的，這完全可以理解，因為他就是個體貼過剩，常做一些沒有用的事情的人，所以當時並未太在意他說的話，就當耳邊風了。

但是現在親眼見到了，鄭護現說的沒錯，我正在痊癒。一年前的小傷口現在好不容易才痊癒，雖然非常緩慢，但真真實實。

最早產生的疤痕消失，接下來，每一次回歸產生的疤痕也將一一消失，然後總有一天……橫跨在我脖子上那道最大的疤痕也會被抹去。

就像即使整個冬天的積雪成了堅冰，把世界都凍僵，把我孤立在黑暗中，但只要春天到來，一切都會融化，就像從未發生過一樣。

靜靜抱著沉睡中的鄭護現，在體溫加持的暖和被子下，感覺到他的心臟在跳動，脈搏規律且平穩。活著……是的，還活著。聖誕節早晨，鄭護現，正在我懷裡溫暖地沉睡。我這才完全安心。

親吻在他散亂的頭髮間露出的額頭，然後熟睡的他耳邊，輕聲說出昨晚沒來得及說的話。

「聖誕快樂……護現。」

接著又補充了一句，那是昨晚鄭護現笑著對我說的話。

「……」

那句話我說得很小聲，沒有人聽到，甚至窗外下的雪也不知，但只有鄭護現能聽到像雪花般輕輕落在他耳廓的話，他會把我說過的，和沒說出口的每句話，都記得清清楚楚。

外面依然一片寧靜。

天空陰陰的，雪花片片飄落下來。我抱著規律呼吸的鄭護現，閉上了眼睛，放鬆身體讓軟綿綿的床把我淹沒。

今天是聖誕節，一年一度的溫馨假日。

沒有什麼事需要匆忙進行，也不需要為無法挽回的過去而痛苦。所以我要這樣再睡一會兒，睡到自然醒再起床做個早午餐，做護現最喜歡吃的。

（完）

番外3 ▽
前夜祭

「鄭主任，壓著！」

厚厚的簽呈啪一聲扔在桌上，黑色封皮上清晰地印著「請批示」的字樣。

我沉默了一會兒反問道：「……什麼？」

坐在書桌前的中年男子深深地嘆了口氣，嘆息中有一股香菸夾雜著咖啡的苦澀味道。我悄悄地轉頭朝向窗戶，假裝在看外面的風景，以免被發現我在躲避氣味。

現在正好是下班時間，天色漸暗，路燈一個個亮起，馬路上密密麻麻都是車。紅黃色的燈光不停閃爍，今天也不如既往，無法準時下班。

「先壓著，不要再拖拖拉拉了。」

部長上身埋進椅背，用手指彈了一下桌上的簽呈。

我這幾個禮拜用盡心血收集的資料被當作是令人頭疼的廢紙！我無聲地咬著嘴唇，簽呈上的字瞬間模糊不清。

「先壓著的意思是……」

「隨便哄一哄就打發掉吧。這是要求什麼來著？這次的徵選嗎？就放在獲獎名單最後吧，給個安慰獎應該就可以了吧？叫他把文章刪掉。」

「可是，部長……」

「還有什麼好可是的，那傢伙已經在好幾個社群網站發文了，這樣下去連媒體都會報導啊，要是鬧上新聞，公司形象馬上就會一落千丈，現在這種事很多。」

「反正是毫無根據的惡意投訴。先違反規定的是他，我認為不需要用這種方式對應。」

「你沒聽清楚嗎？跟崔專務有關係啊，那個參加者，是愛國和平黨議員的兒子，所以管理室也下達指示要我們特別注意，可是我們能怎麼辦？」

「可是因為這個原因就列入獲獎名單的話有失公平，那些落選的參賽者要怎麼辦……」

「那我們呢？我們又為什麼在年底都要放假了還要處理這種鳥事？也讓我趕快回家吧，護現啊，嗯？」

「……」

「鄭主任，你什麼時候進公司的？是去年下半年嗎？」

「是今年上半年公開招募時進來的。」

「現在還未脫學生的樣子啊。職場生活有什麼不一樣嗎？啊！那個幾年前發生的，百一大慘案，鄭主任跟那些人年紀差不多吧。」

雖然過了好幾年，但那熟悉的名字依然深深刺痛心臟。寒氣瞬間從指尖和腳尖蔓延，我努力保持立正的姿勢。

「當時也是上面的人說要掩蓋，所以就敷衍過去了。經過調查，發現那些病毒一傳播開來就拋棄學生逃跑的人，居然是一堆御用教授。體現正義是很好，但要是真敢動那些人，我們都要吃不完兜著走了，能怎麼辦？總之，這件事到此結束。」

他瞥了我一眼，不耐煩地擺了擺手。

他在我上傳報告之前，也只是滿臉不情願地看著手機，在長假即將來臨的前夕，還得待在辦公室不能回家，心裡當然不爽——雖然事情都是我在做。

「就這樣吧，報告書草稿等休假回來的上班日一早要放我桌上啊。」

這不是叫我不用下班的意思嗎？不是要我利用聖誕假期處理惡意投訴嗎？我嘆了口氣，拿起部長丟在桌上的簽呈夾在腋下。

不知道是不是因為辦公室暖氣太強，還是其他原因，我的腦子裡一片火熱。

「啊，對了，鄭護現主任？」

「什麼？」

「有沒有留下什麼會看出有關連，或管理人員指示之類的記錄？如果有就全部清理掉。」

「……是。」

他一直看著手機，連眼睛也不抬，敷衍地打了聲招呼：「聖誕快樂。」

今年第一句「聖誕快樂」，我想聽別人說，而非眼前這個沒有擔當、怕事的上司。

「……」

我試圖陪笑，像往常一樣敷衍了事，但無法控制扭曲的嘴型。

最後，為了隱藏自己的表情，只好九十度鞠躬，然後毫無留戀地轉身走了出去。

辦公室除了我沒有別人。聖誕假期前夕，看來大家都興高采烈地準時下班了。

太陽已經完全下山了，現在馬路上塞滿了下班車潮，若是在平時，光想像塞在路上就會感到不寒而慄，但是今天我卻寧可自己也在車陣中，因為至少是在回家的路上，而不是孤獨的加完班之後，一路暢通地回家。

「唉……」

我低下頭，用手背擦了擦冒冷汗的額頭。從剛才開始，眼睛就發熱，喉嚨像被勒緊似的疼痛，有種不好的預感。

寂靜的辦公室裡只有我敲鍵盤的聲音。

不知道時間過了多久，眼睛都要凹陷進去了，因為一直只盯著電腦看。

突然手機震動了起來，嚇了一跳，按下通話鍵，把手機夾在耳朵和肩膀之間。

「喂？」

「現。」

經過手機，略為低沉的聲音立即喊出我的名字。哥哥無論打給我還是我打給他，他的第一句話都是先叫名字，而不是一般的「喂」，在一起好幾年，現在已經習慣了。

「哥？工作結束了嗎？」

我乾咳幾聲，清清鎖住的喉嚨，用明朗的聲音說道。

「嗯——」

他習慣性地拉長尾音，對關於自己的事情總是漠不關心，這反而激起我的好奇心，於是我又問：「展覽館就決定上次那個地方嗎？」

「大概吧——」

因病毒外洩事故，百一大學被迫關閉，我們陸續申請轉到其他學校繼續學業，然後順利畢業。畢業後哥哥開始創作，一開始只是純興趣而已，當時問他未來有什麼打算，他也只是回說：「即使一輩子不工作，也可以給我們小兔子買一百箱蘋果，不用擔心。」

當然，我是很認真的反駁他。第一，一百箱蘋果絕對吃不完；第二，我不是兔子。但是他一如往常充耳不聞，笑嘻嘻地想捏我屁股，從此之後我就乾脆什麼都不說了。

但是在這種情況下他創作的作品，連我這個藝術門外漢看來也覺得很了不起。我覺得把那些東西放在工作室角落太可惜了，所以說服哥哥在社群網站上分享，這樣就算萬一作品消失，也可以留下記錄。

沒想到卻因此而一舉成名，於是他全心創作，沒過多久就舉辦了個人展。事實上，這是拒絕採訪和上電視節目而妥協的結果。

另外還有一個原因就是我。我正準備就業時，我們倆史無前例地大吵一架。

這是自從在下雪的校園裡，我們在七十週年紀念館裡互瞪對方，幾乎要殺了對方那次之後，第一次發生如此大的爭吵。

「鄭護現，你好好想想。被不斷抽血弄得滿身瘡痍的糯米糕，白白淨淨卻乾乾扁扁，你這樣還要出去賺什麼錢啊？你能賺多少錢？我看你隨便去哪裡工作個一天，身體就垮了。你以為我會感謝你賺錢回來嗎？那麼點兒小錢，送我也不要。」

「……」

「我勸你趁我現在還肯說的時候斷了念頭，給我老老實實待在家裡，吃我做的飯就好。你根本什麼都不會。」他不客氣地說。

他真的很生氣，感覺一手就可以把人捏死。但是在我眼裡，只看到他內心的不安和迫切感，自己也束手無策，只能用這種方式掩飾。

如果是平常，我會小心翼翼地嘗試幾次反抗，通常不會成功，最後還是會聽他的。因為我知道他為什麼會這樣、為什麼會如此過度地執著於我。

但這次情況不同，我不同以往格外堅持。

「不管哥說什麼，我都會找到工作的。很抱歉沒能滿足你的期待，也沒跟你商量就做了這個決定。但是我不會因此而改變主意的。」

「你就那麼討厭和我在一起嗎？討厭到要發瘋了嗎？我看找工作只是藉口，你根本就是想逃離我吧？」

由於無法抑制憤怒，他的胸膛用力上下起伏，烏黑的瞳孔閃動著不祥的光芒。曾經一度以為他眼中的東西純粹是瘋狂，但現在我在那雙眼睛裡看到傷口。

「不是的。」我說。

「不然是什麼？你在外面有其他傢伙？那傢伙要給你買兩百箱蘋果嗎？啊，是嗎。我可以現在馬上出去把那傢伙砍了，這樣你就會待在我身邊是吧？」

「不是、不是，哥！你先聽我說。」

「好，你說，我們漂亮的護現要說話，我當然要聽啊。我就再聽聽你要說什麼廢話。」

「我現在等於是在哥哥家裡白吃白喝，雖然有學生身分這個藉口……」

「我在自己家裡養兔子有什麼關係？」

他打斷我的話，我一時啞口無言，雖然想強調「我不是兔子」，但還是忍住了。如果糾結在兔子這個點上，爭吵會沒完沒了，我努力保持平靜。

「……雖然有學生身分這個藉口，但我不想放棄就業，因為有另一個問題。」

「究竟還有什麼問題？馬的，我不是說過我沒關係的嘛！」

他一氣之下大喊一聲。以往就算生氣，他也只是冷嘲熱諷，不會那麼激動的提高嗓門。但如果我就此打住，我們之間的矛盾將一輩子無解。

我深吸一口氣，緊緊握住自己微微顫抖的手，慢慢調整呼吸說：「因為我覺得我對你的愛無法那麼理直氣壯。」

「……」

我以為他會抓住我的衣領，但他一下子僵住了。

我苦笑，不知不覺手心冒出了冷汗。

「我知道無論我在哪裡就業，賺多少錢，對哥來說都微不足道，但我還是想用我賺的錢給哥哥做些什麼。哥可能無法理解，但這是我的愛。我是以這種心情愛著哥的。」

本來想盡量平靜的說出來，但說到最後聲音還是顫抖了。他好像忘記剛才的暴怒，呆呆地站著，大口喘氣，用微帶血絲的眼睛盯著我看了很久。

說出心裡的話，但矛盾並沒有立即得到解決。

後來我們展開心理戰，例如我坐在電腦前寫履歷時，哥偏偏擠過來抱著我；或是突然把頭伸過來擋住電腦螢幕，發狠地說「永遠生氣氣嘍」。不過最大的障礙還是在床上。

在就業準備期間，哥幾乎每天都整夜折磨我，讓我筋疲力盡，似乎是打著讓我睡過頭就不能參加面試的意圖。

面試用的西裝買回來那天，趁我試穿的時候，他竟然就直接上了。那可是昂貴的訂製西裝啊，我抓住鈕扣全部消失的襯衫、滿是精液的領帶和褲襠部分縫線被撕開的褲子，簡直快哭出來了。

經過幾個月的緊張心理戰，最後的結果是……聖誕假期的前一天，我還坐在辦公室裡敲鍵盤。

「大概十點會回去，你會在家裡吧？」

「什麼？」

聽了哥哥的話我一下子就打起精神來了，慌忙看時間——天啊，已經晚上九點了，時間怎麼過得這麼快？

「三個小時後就是我的生日了。」

這幾天我在百忙之中，瞞著哥偷偷準備了一些東西。雖然每年哥的生日都會送花束和禮物，但是好像沒有做過什麼像真正情侶會做的事，這是我第一次決心來點不一樣的。

現在我訂的東西應該已經送到家門口了。我記得下午忙得不可開交的時候，收到了快遞的訊息確認東西送到家了，但如果哥比我先回家發現那個的話……我不敢再想下去。而且還要去拿預先訂好的蛋糕。我完全沒想到今天哥會比我早回去。

「永遠哥！」

急促中嗓子一陣刺痛，隨即馬上開始咳嗽，我堵住手機話筒，轉過頭嘶啞地咳個不停。

「剛才是怎麼回事？」

「沒什麼，稍微嗆了一下。」

「現，你咳嗽得這麼厲害，我還以為你生病了。是因為像倉鼠一樣小，所以連喉嚨都窄嗎？」

「會嗎？我的喉嚨窄？」

像倉鼠一樣小這種話已經聽哥說過很多次了，現在已經見怪不怪。會對身高近一百八十公分的上班族男性說這種話的應該只有哥，但是這還是第一次聽他評論我喉嚨的尺寸。不是，喉嚨也能量長寬嗎？

「不是嗎？只要我的鳥才把前端放進去你就快要窒息似的，要是一直塞到喉嚨的話，一定會哭得很厲害……」

「啊，哥！」

淫言穢語在沒有任何預告的情況下突然襲來，本來從剛才開始就莫名覺得發熱的臉頰，現在更燙了。我急切地尖叫制止他。

「嗯……那個……你能不能晚一點再回來？」

「什麼？」

「大概十點半……十一點左右。」

「突然說這什麼話啊，小可愛。」

「我還在加班。」

「馬的，又是那個部長還什麼的東西嗎？」

「還剩一些工作要做。哥你慢慢來，嗯？」

「我又沒什麼事，除了看你。」

「那要不要先去附近的咖啡店？先去那邊坐坐吧？」

「幹麼這麼麻煩？我先回家等你回來就行了。我們護現在我生日前一天還讓我獨守空閨，真過分，但是又能怎麼辦呢，我還是先回家做飯吧。」

「不然你去網咖……」

「鄭護現，你到底在搞什麼鬼？」

他察覺到不對勁，聲音低沉了下來。其實連我自己也覺得這是很蹩腳的藉口。

「有什麼理由我不能現在回家嗎？」

「哥，那個……」

「你最好解釋清楚，因為我現在心情有點，嗯？感覺有點不爽。」

完了，是不是因為發燒腦子轉不過來？公司的事也好，哥哥的生日也好，沒有一件事順利的。

「那個……」

我一隻手抹著臉，不知是不是又發燒了，整張臉像火球一樣燙，手掌上卻沾滿了冷汗，不知該如何收拾殘局，頭痛越來越厲害，眼珠都快掉下來了。

「我晚點再解釋。哥，對不起，我愛你！」

急急忙忙地連氣都沒喘一下地說完就掛斷電話，不給哥哥回應的機會。但掛斷電話後，遲來的後悔湧上心頭。

哥哥現在應該很傷心吧，這下糟了。

熄燈後走出辦公室，整棟樓的員工早已全都下班了，我離開空曠的大樓來到公車亭。下班尖峰時間已經過去，但路上依然擁擠不堪，是因為到年底了嗎？也許是為了營造聖誕氣氛，路邊的行道樹上都掛著一閃一閃的燈泡，無比耀眼。

刺骨的寒風襲來，公車亭薄薄的隔板和屋頂遠遠不足以抵禦寒氣。

等車的人們穿著羽絨服、戴毛線帽、手拿暖暖包全副武裝，卻仍冷到連連跺腳，嘴裡都吐出白色的氣息。

「不好意思，借過一下。」

擠進擁擠的人群中，我抬頭看站牌，想看看我的車什麼時候會到，突然，劇烈的頭痛蔓延開來，「啊——」

用手背貼著額頭，沾上了濕漉漉的汗水。狀態越來越差。最近連續加班，好像有點感冒的徵兆。現在要去醫院已經太晚了，我得趕緊回家吃藥，而且要在哥哥回家之前。

從開著暖氣的辦公室出來後，原本發燒的狀況稍微冷卻，但是頭卻更痛了。這樣可以平安無事地坐公車回家嗎？早知道就開車來，此刻真是後悔不已。

車是去年我生日的時候哥哥買給我的。

我總是會不時因為一點小事就送個小禮物給哥哥，例如路過花店門口時想起他就買一束玫瑰；在公司壓力大時，下班回家就順路買草莓甜點給哥哥吃……但他和我相反，他一向漫不經心，一年只送了一、兩次禮物，但都是讓人無法承受的大禮。

直到我生日前一天都沒有任何徵兆，加上他也沒有問過我想要什麼禮物，所以我心想應該就這樣默默過去了吧。

直到生日那天，哥哥突然把車鑰匙交到我手上，一輛全新閃亮的車子就停在我們住的公寓停車場裡，而且還是高級進口車。這對一個剛步入社會的新鮮人來說，實在太誇張了。要我收下這個生日禮物，我實在為難，而他只說了一句話。

「在路上順手撿回來的。」

婉拒了幾次，最後我還是輸給哥哥，也是，他幾乎沒順從過我的意見。從那天以後，哥哥的黑色轎車和我的銀色轎車並排停在停車場，但我很少很少開車上下班，因為怕引人側目。

在為製造疫苗被抽血過無數次之後，是第一次出現這麼劇烈的頭痛。現在的我已經不用再去抽血了，幾年前，經過無數次的試驗，終於成功開發出了人工疫苗。

最後一次抽血完離開醫院那天，大學醫院的醫護人員排成一列，向我深深一鞠躬。感覺很奇怪，在和哥哥一起坐車回家的路上，我一直像失了魂似的。

後來過了兩、三年，工作、生活讓我逐漸淡忘那件事。

曾經在我的血液中，在平凡的我的體內，擁有拯救人類的唯一希望，但現在想來感覺像是一場夢，一場在雪花紛飛的校園裡，和哥哥一起經歷的不切實際的夢。

之前因為定期抽血，自然而然就戒菸了。原本大概一個月一包，所以要戒也不是太難。現在戒菸的理由已經沒有了，但我仍然不抽菸，因為擔心會給同住的哥帶來麻煩，那些錢和時間還不如買草莓給哥吃更好。

公車在我面前停了下來，我擦擦凍得通紅的鼻子上了公車，車上已經座無虛席。我走到後面扶著柱子站著，就在公車啟動時突然想咳嗽，我把鼻子和嘴埋在外套的袖子上咳了出來。

「咳咳！咳咳！」

咳嗽停不下來，雖然意識到其他乘客的視線都集中在我身上，但這也不是我願意的啊。氣管腫得厲害，每吞嚥一次就像被刀割，喉嚨裡好像有血的味道。

「那個……」坐在我面前玩手機遊戲的學生察覺到，怯生生地站了起來，「你要坐這裡嗎？」

「不用，你坐。」

「沒關係，反正我要下車了……而且你需要坐下來。」

「什麼？」

學生推了推厚厚的眼鏡打量我。

「不然這樣下去會暈倒的。」

不管身體狀態再怎麼不好，但居然被比我小很多的學生讓座，我對自己真是無話可說。但是那個孩子沒等我回應，就背著書包走到了後面。

我倚著窗戶往外看，從車窗掠過的是冰冷稍微融化的城市夜景，這與經歷那個事故之前沒有絲毫不同。

而我能平安地逃離校園，重新迎接聖誕節，每天和哥一起在同一張床上睡醒……三年前這個時候的我，根本連做夢都沒想到。

那起讓全國上下震驚的事故，現在感覺像謊言一樣。

世界很快就忘記了當時的慘案，現在，無論電視頻道如何切換，或是一整天開著收音機，都聽不到「百一大」了。過去在聽到時還會像心臟穿孔、幾乎窒息的狀況也消失了，但是傷痛依然存在，以肉眼可見或看不見的形態。

嗡……在外套口袋裡的手機在震動，還沒到十點，我以為哥已經到家了，急忙拿出手機，但是螢幕畫面中卻出現我的臉，而不是哥的名字。這是視訊通話。剛才讓座給我的學生說我好像要暈倒了，但是現在看螢幕上的自己，似乎沒那麼糟，真是萬幸，我不想讓電話另一頭的對方擔心。

事實上每個關節都很痛，我艱難地動手拿出耳機，然後按了通話鍵，在開口之前不忘先乾咳幾下，清清嗓子。

「喂？娜惠？」

「護現哥！」

耳機裡傳來了嘈雜的背景音，畫質不大好的螢幕上出現了好幾個人，看背景像在酒吧。

「我們現在喝第二輪了，這裡的下酒菜很好吃，氣氛也……啊，你在回家的路上嗎？」

「嗨！上班族同志。」

一個短髮、帽子壓低的女人突然把頭湊上來，我淺淺地笑了笑，揮手致意。

「夏恩啊，好久不見。」

「哦，看你這身西裝，果然是大企業，看起來就不一樣。現在才下班？還活著吧？」

「就這樣，妳呢？過得好嗎？」

「每一天都像乞丐一樣。其他公司職員拿著公事包下班的時候，我是拿著塑膠袋下班，裡面裝的是換洗衣服。有時整整一個禮拜都無法回家時，乾脆就整袋扔掉……怕衣服都長香菇了，不敢打開……」

「啊哈哈，姐姐怎麼連那種話都說呢？」

「以前看寫程式的人每天只穿格子襯衫，現在才知道，那種衣服皺了、弄髒了都看不出來，是最棒的。反正只要三種顏色就好，R、G、B。」

「啊哈哈哈！」

金娜惠笑得頭往後仰，聲音穿透耳機，我急忙把音量調小。在吳夏恩的對面一個大塊頭男子點了點頭，是韓彬。

「大哥，你好。」

自從逃離學校後的第一個聖誕節在民宿度過之後，我們每年這個時候都會自然而然地在一起。有真正聚在一起的時候，也有不能聚在一起的時候，就像現在，也會透過電話互相問候。沒有人特別提議，大家好像很有默契，不知不覺就變成常態了。

「啊哈，讓開一下。彬啊，你會擋住姐姐的。」

「對不起。」

「你怎麼退伍回來長得更高了？唉，不會吧、不會吧。怎麼還能長高啊？」

「……」

「不會吧，是真的？」

「也沒有很多……就多了三公分……」

「對了！哥哥，你知道嗎？今天韓彬的哥哥也來了！嗯？去哪兒了？剛才還在這兒呢。」

「永遠學長的展覽是什麼時候？如果問他一定不會告訴我們。」

「可以給我們票嗎？還是要買？哥哥能不能好好跟學長說，幫我拿幾張？友情票！」

「可以再點一些下酒菜嗎？」

「小子。當然可以。我們彬多吃一點、多長一些，不、不要再長高了，雖然高一點好……反正快點吧，點吧！」

說是第二輪了，應該喝了不少，大家看起來都醉了，每個人都七嘴八舌不停說話。這樣對我倒好，就沒有人會看出我蒼白的臉、一身冷汗。

他們興高采烈地倒滿五百毫升的啤酒杯，一起舉到鏡頭前。

「護現，你來說些話，我們乾杯。」

「鼓掌，鼓掌！」

「我不大會說……」

「唉，別這樣，就說說看吧。嗯？我們幾個能出來的都出來了。」

現在的我光是要保持清醒就已經很困難了，哪還能說什麼話啊。而且這裡可是公共場所啊。

我露出了尷尬的笑容說：「很抱歉……因為我現在在公車上，不方便啊。」

他們聽了不是失望，反而更興奮。

吳夏恩舉起酒杯，大聲說：「我！現在！在公車上！」

金娜惠和韓彬也跟著高喊。

「不方便！」

冒著啤酒泡沫的杯子在螢幕上輕快地碰了一下。

「聖誕快樂！」

「……」

個別來看，他們是非常冷靜、誠實的人，不知道為什麼只要聚在一起就會變得如此瘋狂。我用指關節使勁按著太陽穴，還是忍不住噗嗤一聲笑了。

頭痛和想吐的感覺越來越嚴重，我的頭靠在窗戶上強忍著，好不容易到站了。來到家附近的咖啡甜點店拿事先訂好的蛋糕，距離打烊還有十分鐘左右。

「很抱歉來晚了，你們在等我吧？因為路上塞車，真的……咳咳、咳咳，真的很抱歉。」

咖啡店老闆已經做好打烊的準備，卻因為我沒能及時下班。老闆一臉不耐煩地轉頭，和我對視了一下，突然一臉驚恐。

「先生……你還好嗎？」

「什麼？」

「沒什麼，這是您訂的草莓蛋糕，請小心，慢走。」

我的樣子有那麼糟糕嗎？不能一副病歪歪的樣子，會毀了哥的生日。但到目前為止還可以，雖然是艱難的一天，但看來無論如何都會圓滿。只是苦難並沒有結束。

就在快到家的巷口，正要轉彎的時候，一輛摩托車突然衝了出來。雪白的大燈讓我瞬間什麼都看不見，只能勉強緊急閃避，這裡手裡拿的東西掉了下來。

明明是人行道，厚顏無恥騎上來的摩托車騎士還厭煩地對我按喇叭。我的背猛然撞在牆上，好不容易才站穩，但已經來不及了。

蛋糕盒被壓扁了，散落在人行道上。不用看也知道，準備了很久，思考著哥喜歡什麼，提早好幾個禮拜就預訂的蛋糕，肯定變得亂七八糟了。

猛然撞在牆壁上，外套髒了，肩膀和背部也刺痛不已，但這些都不重要，現在滿腦子只有煩躁和悲傷。

「……唉。」

我嘆了一口氣，緊緊按了按眼角。首先要打起精神，現在不是在路上發呆的時候。

匆匆趕回家，幸好哥還沒回來。我迅速收起放在門前的快遞箱，打開來偷偷地看了看裡面的東西。雖然是我買的，但還是覺得害羞。即使是戀人關係，但這好像還是有點超過了。

先把快遞箱放在房間裡，要趕緊先做飯。

原本打算把蛋糕放在冰箱裡，先吃晚飯，然後在午夜時分拿出蛋糕插上蠟燭為他慶生，然後邊吃蛋糕邊喝紅酒。但現在計劃泡湯了，得在料理上多下點工夫。

原本負責煮飯的是哥，看他好像都不在意分量和烹飪方法，只是隨便把肉翻一翻，隨手撒上調味料，敷衍了事的樣子，但奇怪的是卻很好吃。為了今天，我特地在通勤時及午休時間，抽空上網看了無數的社群網站和 YouTube 學習。希望可以滿足他的口味。

在平底鍋裡倒橄欖油，然後開火。將處理好的鮮蝦和大蒜取出，打開包裝。今天我要做的料理是蒜油蝦。這幾天我努力看了很多影片，發現沒有比這更簡單的料理，花費的時間也不長，而且還能營造晚餐的氣氛。我打算在主菜——蒜油蝦裡配上事先買好的大蒜麵包、香腸、火腿等。

一開始雄心勃勃，但後來卻越來越不順。我這才知道要把大蒜切成一定大小是多困難的事，但在影片中那些人做起來好像很簡單。從剛才就眼角發燙，不知道是因為發燒還是大蒜的辣味。

因為不知道油要加熱到什麼程度，我等了很久才把蝦和大蒜放下鍋……啪！啪！油殺氣騰騰地隨處四濺，鍋裡的東西全都變黑了。

「……」

面對幾乎無法下嚥的蒜油蝦，我一隻手拿著鏟子呆呆地站著，喘著氣，汗水順著臉頰吧嗒吧嗒地流下。被油浸過的食材逐漸顯得灰濛濛的。

嗶嗶嗶嗶，咯噔。正巧這時大門打開了，而我就像被釘在原地一樣動彈不得。客廳裡沙沙作響，聲音逐漸逼近。

「現，你拿鍋鏟幹麼？不會做菜又不會切菜，只是拿道具擺姿勢，因為是我的生日才逗我嗎？如果是那樣的話，我欣然接受。」

「……」

「……鄭護現？」

我一直都沒反應，哥哥可能覺得奇怪，走了過來。我感覺從背後有一片陰影籠罩，然後聞到熟悉的香氣，緊接著，一隻手伸到我身邊，把火關了，沸騰的鍋裡終於平靜了一點。

「哥……」

好不容易開口了，但喊了一聲喉嚨就哽住，說不下去了。

哥哥察覺到異常，伸手扶住我的肩膀。

最先映入眼簾的是堅硬的嘴型和下巴，再往下看，直挺挺的脖子上有著已經相當模糊，不仔細看不會發現的疤痕。我愣愣地抬起頭來，這才看到他的眼睛。

「……」

透過淚汪汪的視野看到哥哥的表情很嚴肅，與往常盡情捉弄我的樣子不一樣，從沒看過他這樣的反應……看來我的樣子比想像中還要糟糕。

「嗚……」

一瞬間，最後一道堤防終於潰堤。我放聲大哭，任憑紅通通的雙頰被淚水浸濕。

我哭了又哭，久久難以平息。

被哥哥抱在懷裡時，被抱進浴室時，都只顧著把頭埋在他的肩膀上哭，連他用濕毛巾幫我擦臉時也哭，換好衣服後放在床上也哭，好像要把糟糕的一天全部哭出來一樣。

「來吧，啊～」

直到他從藥箱中拿出感冒藥餵我時，才恢復理性。我羞愧得要命，又不是小孩子，都快三十歲的大男人還這樣痛哭流涕。我沒有馬上吃藥，而是猶豫了一下，他面無表情地歪了歪頭。

「怎麼，吞不下去嗎？要不要買蘋果味的糖漿餵你吃，小兔子？」

「我都說了我不是兔子……」我抽抽噎噎地說。

感覺更羞愧了，視線往下不敢看他，只顧著猛吸鼻子。

「白白淨淨，只有眼睛紅紅的，怎麼不是兔子呢？也是，比起兔子，確實是比較像人。」

如果繼續這樣下去，那不像話的兔子故事會沒完沒了。我把手伸向哥哥手掌上的藥。

「我很會吃藥。我現在就吃。」

但是哥哥突然把手放到身後，我撲了個空，目瞪口呆地眨著腫脹的眼睛，抬頭看著他。哥哥噗嗤一聲笑了。

「說『親愛的，請給我藥』，快。」

「什麼？」

「快點。」

以前也聽過這樣的話，當時也是又發燒又難受，精神恍惚。

因為剛才犯下的罪行，我自知理虧，所以只好心不甘情不願地說：「親愛的，請給我藥。」

這時哥哥才給我藥丸。

我把藥一下子倒進嘴裡，他馬上遞了水過來。雖然喉嚨痛得連一口水都喝不下去，但我還是閉起眼睛嚇下去，他揉揉我的頭髮算是給我鼓勵。

「看來你全身都熱氣沸騰啊，臉頰都熟透了。」

「……」

「為什麼自己一個人傻傻病了一整天？生病就該請假啊。」

「當時的氣氛不好說，而且有需要緊急處理的工作。」

「生病了還管什麼氣氛啊。你們公司那些笨蛋老傢伙，死也要看氣氛嗎？」

「……」

「什麼時候開始這樣像行屍走肉一樣？早上不是還好好的嗎？」

「也不至於到行屍走肉吧。」

「嗯？護現啊。這幾年好不容易才把你養胖一點，怎麼才剛去上班沒多久，你就又變成這副模樣了？」

我確實比定期抽血的時候胖了一些。都要歸功於學長每天用心幫我準備營養餐，也多虧了他，讓我經常吃到一些以前不吃的甜點，而現在在公司裡整天屁股釘在椅子上工作，這就是可悲的上班族的宿命。

雖然哥哥很欣慰地說終於把我養胖了，但我內心其實很焦慮，擔心這樣下去等過了三十歲該不會肚子就出來了吧？哥哥從事的工作需要體力，所以他目前仍保持得很好，看來我得多注意點了。

「要像第一次見面那時的模樣，現在還差得遠呢。」

他摸著我的臉頰，發熱的皮膚因他的體溫而感到涼爽。我不由自主用臉頰在他的手掌上揉了揉，他的手掌大又結實又涼爽，很舒服。

他嘆了口氣，用指尖彈了一下我的臉。

「過什麼生日，看你這樣還能做什麼？要不要睡了？」

他的話一下子打醒我逐漸萎靡的精神。我無視頭還在痛，瞪大了眼睛說：「不行！」

「為什麼？」

「哥哥的生日啊，要吃飯，還有蛋糕……雖然蛋糕摔壞了，但不管，反正到午夜過十二點要唱生日快樂歌。如果現在就去睡的話，我會很傷心的。」

想起壞掉的蛋糕，心裡悶悶不樂，但不管怎樣還是表達了我的意思。

哥哥一副無語的樣子，噗嗤一笑。

「因為護現一直叫我不要回家，害我很傷心。」

「……什麼？」

「還裝作不知道？永遠覺得很難過啊。」

他咬著牙說，原本熱呼呼的氣氛瞬間冰凍。我想起剛才因為一時情急，就擅自掛斷他的電話，後來他再打來我也不接，只顧著像被追趕似地離開辦公室。

「說來聽聽，小可愛，剛才為什麼那樣？我還以為你又在耍什麼把戲，結果回來一看，一副哭喪的臉拿著鍋鏟站在廚房裡。」

「不是，哥，那個是……」

現在這狀況比大吵還慘，我簡直沒有臉見哥。

我看著他的臉色，結結巴巴地說：「那個……我買了蛋糕要送給哥。」

他露出凶狠的眼神，皺著眉頭俯視我，反問道：「蛋糕？」

「放在餐桌上，看到了嗎？」

「當然看到了，那是給我的蛋糕嗎？盒子的形態真是相當抽象啊？我還以為你在家門口撿了破紙盒呢。我以為是我收入不夠，我們護現得撿資源回收做副業，所以還反省了一下。」

「……」

什麼破紙盒？那是我想了很久，好不容易才決定好買來的。雖然在家門口遭遇意外而弄壞了，但總是我的心意啊。我咬著下唇，剛才止住的眼淚現在又想流下來了。

「好吧，蛋糕。還有什麼？」

「還有禮物……」

「啊，禮物，禮物好啊。你買了什麼？」

這時我才發現說錯話了，我不該提禮物的，光是蛋糕就已經受到指責，如果當哥發現隨便扔在房間角落的快遞箱時……光是用想的就開始頭暈。

「沒有，你就當沒聽到吧……」

「是什麼呀？」

雖然想收拾殘局，但已經來不及了，我低聲下氣地道歉。

「都是護現的錯……」

「什麼？我的生日連禮物都沒有嗎？天啊，馬的，太傷心了，我眼淚都要流出來了。」

哥哥咬牙切齒，口中說傷心到要流淚了，但他的眼神中充滿了要把我撕成碎片的狠勁，讓我不敢直視。

「在哪兒？」哥哥說。

「什麼？什麼？」

「我的禮物。」

他不等我的回答就猛然站了起來，我也跟著從床上彈起，頭痛得快要裂開，只能嚥下呻吟。

「對不起！我們明天一起去百貨公司買好嗎？我前天領薪水了，哥，你想要什麼禮物我都買給你。嗯？」

「是啊，要發神經就用錢來表現是吧？我們護現很懂啊。」

「……」

「可是，我什麼時候說要花你的錢了？你又沒幾個錢。」

「……」

「不，不用那麼麻煩，我就看看你買了什麼，我很好奇你到底為我準備了什麼禮物，這麼用心啊。嗯？」

「哥哥……」

他不顧我的哀求開始環顧房間，很快地就在通往衣帽間的門旁邊發現了快遞箱。他把手猛然伸進已經打開的箱子裡，塑膠包裝袋發出沙沙聲，我把被子蓋在頭上，真想死了算了。

「小可愛。」

「……」

過了一會兒，他用沉穩的聲音叫我，剛才的憤怒像謊言一樣。

「這是什麼？」他問。

我蜷縮在被窩裡假裝沒聽見。

「這個真的是你買的嗎？」

「不是。」

「什麼不是啊，這裡寫著呢，訂購者鄭○現。」

「那不是我。」

「不是你是誰？你弟弟嗎？」

「不……我不知道……」

裹得嚴嚴實實的被子一下子被拉開。

哥哥站在床前，一手拿著被子，一手拿著快遞箱的內容物。看到裝在透明塑膠包裝裡毛茸茸的白色兔子耳朵和尾巴的裝扮套裝，一瞬間我整個臉都火辣辣的，感覺吃了藥沉澱下來的熱氣再次上升。他觀察我的反應，嘴唇都扭曲了。

「哈……怎麼還有這麼可愛的東西呢？你這傢伙，到底是從哪兒學來的？你研究過讓我發瘋的方法嗎？」

羞恥感使我的臉快要爆炸了，我掙扎著試圖逃跑，但很快就被阻止。他騎在我身上，慢悠悠地撕開了包裝，我被迫躺在他下面，看著他的一舉一動。

「兔子耳朵髮圈，這個就算了。你知道這是什麼嗎？」

哥哥緩緩舉起從塑膠袋裡拿出來的兔子尾巴，拳頭大小的白色毛團下面掛著禿禿的像箭頭一樣的東西。

「不是髮夾之類的嗎？可以夾在褲子上固定。」

「這個看起來像髮夾嗎？」

「不然是磁鐵……」

「這都是玻璃，哪有磁鐵啊。」

其實產品說明我並沒有仔細閱讀過，只看到「正適合為戀人準備的驚喜」這些字樣就買了。因為是在公司上班時間偷偷用手機購物，擔心會被別人發現，所以沒有時間仔細看說明。

「不知道嗎？好，護現。」

哥哥微微一笑。他只有嘴角發笑，眼睛都黑沉沉的，原本就不是溫和親近的形象，現在加上那種笑容，更讓人毛骨悚然。

「哥哥會告訴你，這個該怎麼用。」

「啊！」呻吟著仰起頭來，髮帶上的兔子耳朵也隨之而仰起，在下面舔我胸膛的哥哥從喉頭發出低聲的笑。

「耳朵在動，真可愛。」

他連說話的感覺都濕濕黏黏的，我胸膛兩邊都發癢。

我甚至沒有脫掉哥哥剛才給我換上的白色T恤。白T恤的布料因舔咬和吸吮過度而變得透明，露出兩塊粉紅色的肉，讓我羞愧得整個人暈頭轉向。

「這髮圈……能不能摘下來？」

「呃呃呃。」

他咬住乳頭搖搖頭，薄布和乳頭一起被吸進他口中，又熱又潮濕。他吸起一邊的乳頭，用手彈另外一邊。

小小的刺激也讓我難受不已，濕布下突出的乳頭在他的拇指揉捏之下，變得更紅潤。

稍微長點肉之後，哥哥像等這一刻等很久似的，時不時就會撲向我，使勁揉捏著單薄的胸脯，吸吮著乳頭還輕咬。

每次洗澡時看到鏡子裡的自己，不知是不是心理因素，都會覺得好像真的胖了一些，膚色也變深了。這樣下去，說不定不是他說的粉紅色，而會是鮮紅色。

「呃！呃！」

胸脯兩邊的刺激總是讓下半身不由自主地聳動，然後下體就會繃緊。差點就忘了的兔子尾巴刺激了內壁。

「為什麼抖得這麼厲害？兔子尾巴都要濕了啊。」

該死的兔尾巴，做夢也沒想到是這樣用的東西，怪不得一副兔耳加尾巴，卻貼上成人用品的標誌。如果腿張開，肌肉會緊繃，裡面會很不舒服；如果腿合在一起，毛茸茸的毛會碰到腹股溝，就會更癢。雖然試著用力抽出來，但尾端是粗大的箭頭形狀，所以不容易抽出。簡直要死了。

「這樣很奇怪，我要拿掉、拿掉。」

「如果拔掉，就要換插我的老二，沒關係嗎？」

「永遠哥！」

「你，可能是因為發燒吧……乳頭熱呼呼的，顏色也比平時更紅，如果沒吸好，等一下爆了怎麼辦？」

他不聽我的話，只說他自己想說的話。

說真的，又有什麼時候不是這樣呢？實在很難過又很無語。

關節凸出、又長又硬的手指在衣服上拚命揉搓，這畫面太刺激。我抵擋不住從胸口上升的快感，緊抓住他的手臂，扶著肩膀，再把手伸進頭髮之間，他烏黑濃密的頭髮在我手裡亂蓬蓬的，耳朵上的耳釘發出了刺眼的光芒。

不知道是不是嫌白T恤礙眼，哥哥暫時鬆開口，用粗糙的手一下就扯開T恤。那下面露出的肉已經濕透，泛著光亮，乳頭被吸得通紅，還蔓延到乳暈周圍，胸脯上到處都是牙齒印。

「……」

他仔細欣賞眼前出現的猥褻景象，深吸一口氣，他又把頭埋在我胸口，黏糊糊的嘴唇和胸部毫無障礙地直接接觸，那感覺令人暈眩。

吸吮的聲音傳來……乳頭和周圍腫脹的肉像被他一口吞掉了。

即使吃了退燒藥，身體仍然有隱隱的熱感，因此對快感非常敏銳。乳頭在使勁豎起的舌尖上破了，就像呼應他的愛撫，我扭動腰部，將胸口拱起，漸漸地、往上再往上。抓住他頭髮的手更用力，每當我痙攣時，兔耳朵也一聳一聳。

如果繼續這樣舔咬跟吸吮乳頭的話，感覺會變得很奇怪。我屁股上插著兔子尾巴，掙扎著，用腳尖胡亂踢哥哥的大腿，結果屁股一聳，反而使勁壓在床上。

「夠了，呃……好癢……啊！啊！」

我的下半身已經被自己流出的前液弄得一團糟。透明的液體從大腿之間垂下，在緊繃、流著體液的性器和陰囊之下，瞥見毛茸茸的兔子尾巴。

「要我幫你嗎？」

「呃、呃。」

「現啊，你得說清楚啊。要我怎麼幫你？」

「讓我……射……快點……哥……」

他咧嘴笑，把手伸進我的兩腿中間，抓住整個兔尾巴。

結實的胳膊上露出肌肉線條，像棉花糖一樣的白色毛團在大大的手中扭曲了，然後……啪！他用力內插，直到堅硬的手掌碰到後穴被壓住為止。

粗粗的末端深深插進腹腔內，感覺到人工玻璃壓住內壁的堅硬觸感。

「……！」

我連尖叫都發不出來，像傻瓜一樣睜大眼睛，張著嘴僵住了，之後大腿開始顫抖，這就是開始，以尾巴末端進入的內壁為中心，痙攣越來越大。

一股極度的快感迅速順著全身的神經蔓延開來。

「我都還沒摸，你的老二就射了這麼多啊。你那麼喜歡我吸你乳頭嗎？」

不一會兒，一滴精液就濺到臉上了，哥哥舔了舔我的臉頰，親吻我一下。他拍了拍末端還嵌在我體內的尾巴，毛茸茸的尾巴被體液浸透了。

「呃！」

「我們小兔子，這下糟了，尾巴都濕了怎麼辦？」

「不要這樣……」

「你不是想做這種事才買的嗎？我們小現現本性和長相不一樣，真的很變態呢，你該不會喜歡這個勝過我的老二吧？」

「我真不知道是這種東西啊！」

我討厭用若無其事的語氣逗弄我的哥哥，我不想就這樣被欺負，我要讓他閉嘴。用紅腫的眼角用力瞪著哥哥。

「我也有話要對哥哥說。」

「什麼？」

我吸了吸鼻子起身，把手搭在他的褲腰上，既然被當作變態，就做真正的變態。

「我今天要騎在哥的上面不讓哥動，我會拚命吸，就算你中途說不要了也不會停下來，這次我說了算。」

「……」

我努力用強勢的語氣威脅他，聽到意料之外的話，哥哥一臉呆滯，遲疑了一下才回答。

「這也是我的生日禮物嗎？你怎麼會有這麼好的想法？」

「……什麼？」

不是恐怖的想法嗎？

「我的老二可以讓你吸到爛，乾脆在我生日整天都一直吸怎麼樣？那也不錯。整天喝我的精液就好，我會射到乾為止。」

哥哥的反應完全與我預想的不同，不是慌張或害怕，反而是期待。好像有什麼奇怪的事在醞釀，我急忙辯解。

「不，不是一整天，就一下下。」

「我要怎麼辦？你要坐在我身上？要把我綁起來嗎？你可以在我身上留下傷口。」

「不會把你綁起來，也不會留下傷口！我為什麼要那樣對哥？」

「我一想到你整天吸我的老二，就興奮得快要爆炸了。」

他像滿懷期待似地立刻躺下，這還不夠，還把我一下子舉起來放在他身上，我面對的不是他的臉，而是他的下肢。頭上的兔子耳朵滑落擋住了視線，我慌慌張張地撥開耳朵。

「快點。」他低聲催促。

我下意識地把手搭在他的褲襠上，但又覺得這樣不大好。本來想先發制人等他驚慌失措之際凌辱他一番，但現在反而是我被凌辱了。

我解開他的褲頭拉下拉鍊，哥馬上拱起腰配合。

我猶豫了一下，把他的內褲也小心翼翼地拉下來。裡面斜擺著的性器立刻反彈起來，堆積在前端中間凹陷處的透明液體緩緩流下，掉在我的手背上。

「……」

我看著那湧出體液的東西，然後把頭靠近。隨著頭低下，臀部自然地抬起，現在哥哥的視野裡應該能清楚地看到被兔子尾巴插著的屁股吧。

「啊！」

從後面伸出手一把抓住了臀部。隨著內壁形態的變化，可以清晰地感受到鑲嵌在裡面的鈍玻璃柱。哥感覺到我的猶豫，又催促我。

「快點吸啊。」

我強忍住呻吟，把嘴角貼在他的性器上。我的頭深深地埋在他結實的大腿之間，一隻兔子耳朵垂下來，搔著他的腿。我先在前端吻了一下，然後小心翼翼地張開了嘴。我以為自己已經含入很多，但往下一看，才只是前端而已，儘管如此，下巴已經很痠痛了。

「我們小現現這種嫌老二髒不願意吸的個性，什麼時候才會改呢？看來每天吸也不會改，那只要這樣咬一輩子了。」

哥捏著我的屁股嗤嗤地笑，那話激起了莫名的傲氣，我以悲壯的氣勢面對他的陰莖，塞了滿口的前端，手擺弄著陰囊，甚至還把陰莖上上下下揉搓。忍住呼吸困難和乾嘔的衝動，認真地吸吮，讓整個性器都沾上唾液。

因為把頭埋在哥的腹股溝移動，兔耳髮圈歪了，瀏海亂了，露出了額頭。

「呃——」

費了那麼大的勁，哥發出了低沉的呻吟，他的腰部肌肉繃得緊緊的，這是興奮的跡象。

咕嘟嚥下舌尖上的前液，吐出肉棒。燒得紅紅的陰莖濕亮濕亮的。可能是錯覺，看起來好像比剛才更大更凶惡。我扭過頭，用嘴唇蹭了一下大根，接著一口咬住，用舌尖滾動吸吮前端凸出的部分，還不忘用手輕輕撫摸像石頭一樣堅硬的大腿內側。

「啊！呃——」

這次的呻吟比剛才更清晰。每次都是哥哥讓我扭來扭去不知該怎麼辦才好，但這次卻相反，這讓我感到很欣慰。很興奮，屁股一動一動的，好像在反映我興奮的心情。

就在這時，兔子尾巴插進去的地方，溫熱的氣息接近，身後熱熱的舌頭正在舔後穴，豎起的舌頭似乎在兔子尾巴和後穴之間找縫隙，周圍感覺陣陣刺痛。

「啊……哥，你……做什麼，嗯，啊！」

一下沒了力氣，差點就一臉埋進他的下半身了。好不容易才抓住重心撐住身體。

「你知道嗎？你這裡胖了點，這段期間沒有白餵你吃飯，真是欣慰。」

大大的手緊握著我的臀部，不僅如此，還拚命刺激插著兔子尾巴的後穴下面的會陰。

「這裡也變胖了，白皙的皮膚上還濕濕亮亮的……對了，你這裡不是有顆痣？痣依然很好看，不用擔心。」

我感到極大的羞恥，慌慌張張地伸手要遮住臀部。

「別看了。」

「怎麼？挺漂亮的啊。」

「好丟人……啊！」

話音未落，屁股就被咬了，不是很用力，但嚇了一跳。趁我驚慌之際，哥哥正式撲了上去。兔子尾巴仍在裡面，他揉著渾圓的臀部肉，舔著舔著，讓後穴和會陰變得濕亮亮。臀部上肯定不只有牙齒印，還留下了手印。

「你要繼續吸我的鳥，還是把尾巴拿出來把我的鳥放進去？看你這樣，感覺真要吸一整天了，我是挺喜歡的，但你會不會死啊？你不是只要稍微累一點就會哭著說要死嗎？」

我真的是快死了，他這麼說，我好像成了小氣鬼，那就別長那麼粗啊。哥哥無情又討厭，但不管怎樣我都沒有選擇。我哽咽地吐出哥哥的性器，抬起了頭，前端湧出的體液一直流到我嘴唇。

「放哥哥的。」

「……」

「如果……繼續放嘴裡……會很痛，會無法吸……那樣的話，我……會沒辦法吃……」

「……好，我來放吧，你放輕鬆。」

他拍了拍我的屁股，我照他的話做了。濕漉漉的尾巴被他的手抓住，整個內壁像被拖走的感覺。從剛才開始發熱的黏膜也被刺激了，才射精完沒多久，重新勃起的性器又流出了稀稀的體液。

沒多久兔子尾巴拔出，被粗玻璃刮過的地方刺痛著，哥哥把濕漉漉的尾巴隨手一扔，再把我翻過身，爬到我上面。他的手叉開我的大腿，下體一頂，已張開的後穴好像在等著，一動一動地咬著他的大根。

「為了讓我開心，不惜抱著病體準備蛋糕和料理。」

「呃——啊——」

「為了讓我高興，還戴上了兔耳朵和尾巴。」

我不由自主地屏住呼吸。下面被塞得滿滿的，不是玻璃，而是他的性器。也許是因為我的身體正軟軟地融化，感覺他的大根比平時更結實。

「為了讓我開心，還打開很多漂亮的洞……呃，還要我把老二放進去。」

他慢慢地，但一次也沒有停下來，緩緩推進。腹內感覺要滿了，為了把肉棒吃得更深一點，我使勁地劈開腿，直到他的小腹輕輕觸碰到了伸展到極限的腹股溝為止。

「我的護現，你是為了讓我開心才出生的嗎？」

「永遠哥。」

我把胳膊圍在他的脖子上，笑著輕聲說道：「生日快樂。」

雖然到處亂七八糟，沒有一件事按照計劃進行，但不管怎樣，這是我給他的生日禮物，希望他能夠理解在輕率的失誤中埋藏的真心。看著連大氣都不敢喘一下的我，哥哥淺淺地笑了。

性器一直滑走，然後又進入，我猛然一扭頭，對快感感到厭煩，斜戴在頭上的髮圈被甩掉了，但是我們無暇顧及。

他開始慢慢地動，分身和後穴以安穩的節奏，啪！啪！咬合在一起。內臟深處有個粗得令人窒息的東西鑽進去，然後又溜走。被前端撞到的地方，有癢癢的感覺，我不由自主發出甜蜜的嘆息。

但是因為剛才尾巴在裡頭時間有點長，對後來進來的熱源反應有點不足。再用力一點，再快一點比較好，我不禁心急如焚，下意識地繃緊下體。

「放鬆……不要那麼用力，我會輕一點。」

「嗯——呃——」

「耍賴也沒用，本來也不想讓病歪歪的孩子去醫院……呃，鄭護現，我說過不要那麼緊。」

他用整個手掌用力揉了一下我的臀部和大腿內側，我呻吟著撲在他懷裡，他嘆了口氣，摟住我的背又動了起來。

我在他懷裡閉著眼睛，集中精神感受肚子裡的感覺，他的性器輕輕貼在溫熱而柔軟又放鬆的內壁上。

兩頰熱辣辣的，現在我的臉應該像喝了酒一樣紅通通的。矇矓地睜開眼睛，抬頭看著哥哥。

「眼睛看起來很迷濛，這麼喜歡嗎？」

「嗯。心情……啊，心情很好。」

「護現是誰的？」

「護現……是永遠哥的。」

到目前為止，他就像熱身一樣，只是輕輕揉搓，再長長地貼上了。啊……喉嚨裡傳來了放鬆的聲音，他強忍著衝上喉頭的某個東西，吻了我的額頭。

「我快被你可愛死了。」

我們面對面地抱著滾了半圈，我瞬間騎在他身上，把臉頰靠在脖子，成了趴著的姿勢。他抓住我的屁股放在自己的分身上，深吸一口氣，放下我，濕漉漉的皮膚一下子就穿透了。

他插入後沒有立即移動，而是用雙手緊緊抓住我的骨盆，輕輕地轉動。直挺挺的生殖器攪亂了內壁，肚子裡意想不到的地方參差不齊地被刺激著。

「黏得那樣緊我要怎麼進去啊？」

我整個人倒在他身上，根本聽不清他在說什麼。

「屁股上長了酒窩，你每次緊繃的時候，這裡總是……」

他伸手摸我的屁股，快感使手掌和腳掌發熱，小腹發癢。再這樣下去，就快不行了。

「啊……不行。」

「要射了嗎？」

「不……不行……啊！」

已經不想這麼輕易射精了。我用腳尖踢了他的小腿，伸直了膝蓋，抖動著。這是在想盡辦法忍耐的掙扎，但令人遺憾的是，快感很快就增強了。

「呃呃呃呃——呃，呃，啊！」

從咬著他大根的內壁開始，快感爆發了。我把頭埋在哥哥的肩膀上哆哆嗦嗦發抖。我們肚子之間的性器把精液咕嘟咕嘟都吐了出來。

射精結束後，僵硬的身體放鬆了，不停喘氣。他像是獎勵我似的，輕輕地吻了一下我的臉頰。

「累嗎？就到這裡吧。」

我頭暈目眩，身體軟塌，在迷迷糊糊之下搖了搖頭。

「哥哥還沒射啊。」

「如果你累了就別做了。這樣下去暈倒怎麼辦？」

「不，我還要繼續。今天是哥哥的生日。」

哥哥撩開我被汗浸濕的頭髮，不情願地說：「聖誕夜背著你氣喘吁吁地跑到急診室，哇！這將是一次令人印象深刻的生日，太鳥的生日了，會一輩子都忘不了。」

「……」我緊閉著嘴。

還以為他真的為我著想，但他說的也沒錯，我無法反駁。可是我不想就這樣結束。

「可是……」

「又是為了我？你自己都這樣病歪歪的，還為別人著想？夠了，你省省吧，你太善良了、太善良了。」

「可是……嗯，再來一下下。」

「鄭護現，你不聽我的話嗎？」

「我還想繼續。我要繼續跟哥哥做愛。好嗎？」

在一陣沉默之後，他嘆了口氣說：「你以為只要長得好看就可以這樣糾纏別人嗎？總之你……真的非常清楚自己很可愛。」

「什麼？」

「趴下，張開。」

我從他身上下來趴著，哥哥一下子就脫掉一直穿著的黑色T恤，然後分開我的屁股，在各種體液潤滑過的溝間夾入凶狠的性器。

「如果覺得累或者痛，就告訴我，不要一個人默默地哭。」

「我哪有……」

「剛才忘了嗎？你哭得太厲害，我以為要拿湯碗來裝你的眼淚呢！」

哥哥用大拇指輕輕擦了一下我的眼角，浮腫的皮膚被粗糙的手刮過有點刺痛。

就在這時，他的大根從後面頂進。雖然說隨時喊停也沒關係，但是哥哥的內心慾求不滿，頂入的動作越來越強烈。我卻感到欣喜，感覺像是用全身迎接暴雪般湧來的愛情一樣。

我拽住哥哥的胳膊，緊緊抱在懷裡。不愧是做雕刻的人，手和胳膊上到處可見厚繭和細小的傷痕，而當年那個像惡夢一樣的聖誕節留下的痕跡都幾乎消失了，現在即使穿露出脖子和胳膊的衣服外出，也不會引人側目。直到現在，我每次看到這些隱隱的痕跡時，心裡仍一陣刺痛。

我在他下面被頂得搖搖晃晃的，但仍親吻了他胳膊上的疤痕。

「啊——」

哥哥輕呼一聲。

「我們護現真是的，你是故意這樣想刺激我嗎？」

暫時停止的動作又開始了，比剛才更粗魯。他每頂一次，我體內的某個地方就麻麻的。我喘著氣把我的小腿纏在他的腿上，感覺後穴反覆收縮和鬆弛，感到很羞恥。哥哥的嘴唇在我脖子和肩膀之間遊走，從後面伸手摸著我的性器。

我被壓在哥哥的下面，只抬起臀部，以尷尬的姿勢搖晃著，如果臀部向後，插入會加深，向前，就等於搓動他手中的分身，會很羞愧。不知從何時起，某一個點被頂得特別厲害。我一瞬間看不見前面，體液從哥哥手裡抓著的性器噗地流出。

「啊！等一下……哥，夠了……啊，啊！」

他不僅沒有停下來，反而加快了速度。他高聳的鼻梁埋在了我的頸上，從牙縫裡透出野獸般的呼號，抱著我的手臂上浮起青筋。

啪！把內壁狂掃過後略為退出的肉棒又重新鎖住同一個地方，我因為害怕過度的刺激，一下子蜷縮起來。但明明是為了避免快感而掙扎，但反而增加快感。隨著角度的改變，啪嗒！啪嗒！啪嗒！最敏感的地方接連被強頂。

「啊，啊，不要……」

「嗯，好了，好了。」

「太快了……」

「不夠快。」

「休……休息時間？」

「哪有這樣的，你不是說要繼續做嗎？」

我拍著他的胳膊哀求，但是他卻裝作沒聽見。不知道是不是覺得我的手在下面不停蠕動很麻煩，他把自己的手疊在我的手背上，十指緊扣，然後速度更快了。

性器根部內側發燙，好像要燒起來了。他似乎點燃了我肚子裡的一團火，雖然已經有過幾次經驗，但還是會害怕又湧起的高潮。

「哥，我真的……不行……我忍不住了，呵，拜託，別那樣……」

屁股和大腿像瘋了一樣發抖，他始終沒有放過我，用全身壓住我，以壓碎內壁的氣勢頂進。雖然感覺快要死了，不住喊著「拜託不要再做了」，但不知為什麼，我並不害怕，心裡反而一陣悸動，可能是因為從頭到腳都感受到他深厚的感情。

像失禁一樣流下的東西浸濕哥哥的手，在床單上形成了小水窪，然後終於迎來高潮。我的分身在他手裡跳動，忍受不了了，精液肆意迸發，我縮起脖子打了個寒噤。

「啊！啊——」

「又要出來嗎？上面流淚，下面射精，護現真是忙啊。」

「我……呃……我又……啊，啊，啊！」

「沒關係，你隨便射吧。」

因為射精而往內用力，緩慢膨脹的會陰收縮，性器在途中被緊緊抓住。

「沒關係，小可愛，這個，再放進去一點……我的鳥乾脆都……呃，想拔出來吃嗎？」

屁股一顫一顫的，縱然裡面的分身繃緊再放鬆，高潮始終沒有結束，不知如何是好，眼淚都流出來了。我像哀求一般把額頭貼在他的胳膊上，一邊搖頭一邊哭。

「哈……真是要瘋了。」

哥哥咬著牙，腰部用力，好不容易才拔出來，待精液都流盡後，他捧著我的臉頰轉過去，被他看到我滿臉淚痕，眼睛迷濛，嘴角還有唾液的模樣。

本以為學長會笑我，但他卻只是大口喘氣，執著地看著我。凶惡的眉毛，充滿慾望的黑眼珠。

他的性器深深頂進融化的內壁，下一秒又瞬間抽出。然後再來一次，直到再也進不去為止，直到他那結實的骨頭把屁股上的肉壓得扁扁的。憋在肚臍正下方的肉棒蠕動了一下，然後將精液射出，裡面全都濕透了。

「啊——啊——」

他緊閉著眼睛，擦去額頭的汗水，劇烈的心跳原封不動地傳遞出來，比整天折磨我的狂熱，以及鍋子裡沸騰的油還要熱的東西……現在沉浸在安穩的情緒中。

不知何時，外面的凜冽寒風被遺忘了。

我們穿著同一套睡衣睡著了，我穿著上衣，哥穿褲子，或許有人看了會問為什麼非要兩個人分穿同一套睡衣……但原本哥睡覺就不穿上衣，我只穿內褲，所以這樣分著穿很合理。

其實睡衣一共有兩套，是同樣的設計，一套是黑底點綴薄荷色花紋，一套是薄荷色底點綴黑色花紋。上次在百貨公司看到，就直覺想起了哥，或許是他沒事就拿薄荷色內褲什麼的取笑我。原本去百貨公司是另有目的，但等回過神來一看，我手裡已經拿著一袋包裝精美的情侶睡衣了。

我興沖沖地買了兩套睡衣，但屬於我的薄荷色睡衣卻很少有機會穿。因為只要一躺在床上，常常都是整晚被哥折磨，最終睡衣濕透根本就不能穿。因此，乾脆把那套黑底色的睡衣上下分開穿，不知不覺已成為習慣。

「呃嗯——」

做愛的餘韻加上吃了藥，我睡得跟死了一樣。凌晨醒來，最先感受到的是纏在我腰上的沉重胳膊。明明並排躺在寬敞的特大尺寸床上，但不知不覺哥已經越過床的一半了。

「……」

抬起沉重的眼皮，在黑暗中隱約可見他的輪廓。撩起烏黑的瀏海，露出額頭，他靜靜睡著的臉看起來很平靜。輕輕下垂的睫毛，靜靜地吸氣、呼氣。怕吵醒他，我用指尖輕輕摸了一下他的臉頰，心中燃起了深刻的愛意。

我偷偷縮到角落，這張床對哥來說好像太小，我不想因為不經意的張開手臂或翻來覆去而打擾他的睡眠。

時間到底過了多久？我又醒過來了，四周還是一片漆黑。好像剛才我挪動身體好讓哥睡得舒服一點，但不知不覺他緊貼著我了。越過他的肩膀，我看到空曠無比的床，可以躺兩、三個人吧，而我則因為空間嚴重不足，只能斜躺著。

「哥？」

用嘶啞的聲音輕輕叫了一下，沒有回應，看來哥想在寬敞的地方盡情地伸展四肢睡覺，好，那我就讓位吧。打著哈欠，身體更貼著牆壁。

就這樣我又睡著了，疲勞和睡意尚未消去，但總覺得有點喘不過氣來，胸口悶悶的，但就只是這樣而已。

早上睜開眼睛才發現，我被壓在床的最角落，哥把我連同被子緊緊抱在懷裡，他自己卻什麼也不蓋，我成了鱉繭的樣子，被牆和哥擠在中間。

頭疼得厲害，看來睡前吃的藥效已經消退，先起床再吃顆藥吧。

「永遠哥……」

「怎麼了？」

他很快就回應，雖然聲音很低沉，但絲毫沒有睏意。原來你先醒了，明知道我夾在中間很悶，卻也不放了我。真是太委屈了。

「我想吃藥。可以讓我起來嗎？」

「真好看。」

「什麼？」

「你沒死吧？」他冷不防問道。

仍然抱著我並將臉埋在被子裡，在我的視野中只看到他的下巴和耳朵。雪白的冬陽灑在他的黑髮上，沒穿上衣的脖子和背上，灑在擁抱我的胳膊上。

「我沒死。雖然看起來像是死了又活過來的人。」

「你不會死吧？」

「……你做了惡夢嗎？」

「不，沒事。」

「……」

「沒事……」他說話語尾含糊不清。

早晨陽光明媚，連灰塵都看得見。我們之間一片寂靜，但不知怎麼的，好像知道了他的心情。我們就像什麼都沒有發生過一樣，重新回到日常生活中。

每天晚上若無其事地入睡，早晨醒來，外出、工作、和人們打交道。現在，還可以很自然地玩殭屍電玩遊戲或看喪屍電影。陷入心理創傷而痛苦，以及因無法區分現實和惡夢而胡言亂語的狀況也消失了。

但是偶爾還是會有膽顫心驚的時候，當我們兩人之中有一個病得很重的時候，還有……每年聖誕節的時候。雖然此時此刻才是現實，雖然明知道不會再回到那時候，但就像每年例行的活動一樣，鼻尖上會掠過夾雜著血腥味的冬天味道。

想擁抱哥，但是從脖子以下到腳尖都包在被子裡，動彈不得，只能把頭伸出來，把我的額頭放在他的額頭上。

「你看，我還活著呢。」

「可是你生病了啊，一看就是病人的樣子。」

「……」

他像是潑了我一桶冷水。

我可是為了安慰他才那樣說的，但他的話也無法反駁，只覺得更傷心。

「我想哥。」

「就算我睡在你身邊也想嗎？」

「是啊。」

悶悶不樂地凝視著我的哥噗嗤一聲笑了，黑色三白眼，細長的眼眸顯得有些彎曲。

「我也想護現，整個晚上。」

我微笑著說：「生日快樂。」

我們在床上打滾直到日正當中，想吃藥就得先填飽肚子，所以才慢吞吞地起床。實在無法下嚥的蒜味蝦被哥收拾乾淨了，現在應該在廚餘桶裡。我對犧牲的大蒜和蝦感到抱歉。

吃完早餐，坐在沙發上，把昨天哥以為是廢紙盒的蛋糕盒從冰箱拿出來，小心翼翼地放在桌子上。昨天因為精神不好，所以沒來得及檢查，現在看來狀態比想像中嚴重，一角破了個洞，盒底也壓到了。雖然很難過，但老實說真的像是廢紙盒。我努力裝作若無其事打開了包裝。

「……」

「……」

我們倆一時說不出話，沉默中我低下了頭。

「對不起，不然我再去買回來？」

「算了，現在去買有什麼用？」

「現在出去……」

「你以為聖誕節前夕很容易買到蛋糕嗎？你身體又不好，鼻子都紅了，你這樣子出去做什麼？算了，就待在家吧。」

「……」

「這個蛋糕其實挺前衛的，還不錯。昨天回來的路上，是不是加了點行動藝術？我們護現不會畫畫，但在其他領域看來有點才能。」

哥哥尖酸刻薄的評語刺痛我的心，我不高興地站起來。

「我非常了解哥的意思，我會再去買新的回來。」

他猛然拉了我一把，我一屁股坐下，他搖了搖頭說：「不用了，還是吃這個吧，反正吃進肚子裡都一樣。」

他拿起附在蛋糕盒內的塑膠刀子，隨便撕下沾滿奶油的包裝紙，拿起刀子想切蛋糕，我連忙阻止他。

「哥，等一下！」

我抓住哥哥的手，他目不轉睛地看著我，手上的刀維持正要切下的姿勢。

我急忙說：「應該插上蠟燭吧？這是生日蛋糕啊。」

「蠟燭？在這裡？現啊，這難道也是行動藝術的一部分嗎？」

「你為什麼總是要吐嘈我……」

我真的覺得很委屈，哥這才停止取笑我。我們小心地把蠟燭插在逐漸退冰的蛋糕上，然後拿打火機點蠟燭。戒菸已有一段時間，根本不記得打火機放在哪裡，所以花了點時間找。

「祝你生日快樂、祝你生日快樂……」

唱到一半覺得不大對勁，蛋糕本來就已經岌岌可危了，再加上蠟燭的熱氣，上端的奶油融化，放滿草莓的白色蛋糕開始慢慢傾倒，就像雪崩一樣。

「親愛的永遠……哥……啊！」

我急忙把手伸向蛋糕，但為時已晚，連哥都沒有預料到會發生這種事，他眼睛也瞪大了。來不及救援，蛋糕就這樣倒下了。

「……」

「……」

一片寂靜，我們一動也不動地凝望眼前的慘狀。一年只有一天，是哥的生日，也是聖誕節的前一天，當下的心情真是莫可奈何。

就在這時，發出一聲低沉的笑聲。我呆呆地盯著蛋糕，像壞掉的機器人一樣慢慢地轉向旁邊。哥在笑，他銳利的目光笑得彎曲，嘴角豁然開朗，他越笑越厲害，身體斜靠著我，一隻胳膊自然地搭在我肩上，身體因笑而抖動，連我都感覺到了。

我也不知不覺被他影響，不對，我腦子裡想的是要趕快向哥道歉、收拾蛋糕殘局，但身體卻不聽使喚。我們互相靠著對方，開懷大笑，笑得肚子都疼了，眼眶都濕潤了。

最後，蛋糕被哥毫不留情的揮刀之下分解成好幾塊並裝入盤中，我們拿起叉子，哥先吃草莓，我專攻不太甜的蛋糕體部分，當一塊蛋糕快吃完時，我開口說：「永遠哥。」

「怎麼了，小可愛。」

他若無其事地回應，把第二塊蛋糕放進盤子裡。

我轉頭看他，家裡開著暖氣，雖然是冬天，他也穿著短袖T恤。背輕鬆靠著沙發，長腿隨意伸展，用沾滿奶油的刀把蛋糕盛放在陶瓷盤子裡，絲毫不見我初次看到他時那種瘋狂凶狠的模樣。不知怎麼的喉嚨有點哽咽。

「還有禮物。」

「是什麼？」

這是在預訂蛋糕之前、在考慮買兔耳朵和尾巴之前，就放在心裡的禮物。是一有空就習慣性送他各種小禮物的我，至今尚未送過的禮物。

我悄悄地把藏在背後的東西拿出來，拿蛋糕的時候就偷偷放在口袋裡了。

他轉過身，把蛋糕放在盤子裡後轉向我，然後就愣住了。讓人看不出情緒的三白眼眨也沒眨一下，看著我拿在手裡的東西。

我試圖穩定狂跳的心臟，緩緩地說：「謝謝你今年聖誕節也和我一起度過。」

「……」

「我愛你。」

「……」

「永遠哥，我愛你。」

他的視線固定在一個地方，然後隨著我的手腕、胳膊、脖子慢慢上升，直到我的眼睛。本以為他會像以前那樣回應或取笑我，但不知為何，他的表情有些呆滯。

在天鵝絨小盒上的兩個戒指中，我拿起稍微大一點的戒指，一把抓住哥的手拽過來，他沒有反抗。在關節突出、留下疤痕的無名指上，小心地套入戒指。本來擔心尺碼不合，幸好很合適，不枉費我之前找機會趁哥熟睡時偷偷量了手指尺寸。

我給他戴上戒指，他還是一動也不動，只是像被迷惑了似的看著我。我沒有催促他幫我戴上，只是靜靜地笑了。

過了多久呢？他抿了幾下嘴唇，終於輕聲的說話，聲音低沉，感覺緊緊的。

「我也是，護現，我也愛你。」

他拿起盒子裡的另一只戒指，在他的大手中戒指顯得非常小。我看著他把戒指套在我左手無名指上，心情百味雜陳。

在百一大學校園裡第一次見面時的我們，年輕、不成熟，會因突如其來的事而慌亂不已，或在看不到盡頭的絕望中徘徊。那是三年前這個時候的鄭護現和奇永遠。

當時的我們能想像得到嗎？以後會是什麼模樣。如果現在的我們有機會給當時的我們一些暗示，會有什麼結果呢？就算說了，當時的我們會相信嗎？應該不會吧，因在當時只有從殭屍的追擊中生存下來才是最重要的。

「聖誕快樂，鄭護現。」哥帶著微微的笑容輕聲說道。

離聖誕節還有一天，但又怎麼樣？我也笑了，比他更開心。

「聖誕快樂。」

窗外一直很晴朗，絲毫沒有下雪的跡象。在萬里無雲的冬日天空下，凋零的樹枝輕輕擺動，看來今年的聖誕節不是白色聖誕節。

那也沒關係，我們以後會有很多一起迎接的聖誕節，有些年會下雪，有些年不下雪，有些年蛋糕完好無損，有些年也會撞壞……我們將度過許多不同形式的聖誕節，不變的是我們會一直在彼此的身邊，撫慰著逐漸痊癒的傷痛。

（完）

愛呦文創

愛呦文創

ao愛呦文創

愛吻文創

DEAD MAN SWITCH
末日校園 ·3

아이제(Eise)/著　艾咪/譯

Zorya/封面繪圖　sima/海報繪圖

i小說 054

Deadman Switch：末日校園3（完）

國家圖書館出版品預行編目（CIP）資料

Deadman Switch : 末日校園 / 아이제 (Eise)著 ; 艾咪譯.
-- 初版. -- 臺北市 : 愛呦文創有限公司, 2023.08
冊； 公分. -- (i小說 ; 54)
譯自 : 데드맨 스위치
ISBN 978-626-97498-3-6(第3冊 : 平裝)

862.57 112008727

愛呦文創

原書書名 데드맨 스위치
作　　者 아이제（Eise）
譯　　者 艾咪
封面繪圖 Zorya
海報繪圖 sima
責任編輯 高章敏
特約編輯 劉綺文
文字校對 劉綺文
版　　權 Yuvia Hsiang
行銷企劃 羅婷婷

發 行 人 高章敏
出　　版 愛呦文創有限公司
地　　址 10691台北市忠孝東路四段59號10-2樓
電　　話 （886）2-25287229
郵電信箱 iyao.service@gmail.com
愛呦粉絲團 https://www.facebook.com/iyao.book

總 經 銷 聯合發行股份有限公司
電　　話 （886）2-29178022
地　　址 231新北市新店區寶橋路235巷6弄6號2樓

美術設計 廖婉禎
內頁排版 陳佩君
印　　刷 沐春行銷創意有限公司
初版一刷 2023年8月
定　　價 340元
I S B N 978-626-97498-3-6

BAD PLUS

。

特別番外

封閉的校園，被困其中的我們，
就算下到世界末日也無所謂的雪，
我們就像在巨大的水晶球裡一樣。
反覆下雪、積雪、再下雪，永遠沒有季節變化的世界。
我們就這樣永遠停留在聖誕節，
在大雪紛飛只屬於我們的水晶球裡。

番外 ▽

水晶球

（IF VERY BAD ENDING）

嚴冬的山白雪皚皚，讓人喘不過氣的強風不停地颳著，已經腫脹的皮膚開始痠痛。

四周靜悄悄的，只聽到自己像瀕死的野獸一樣粗重的喘息聲。積雪高過小腿，每當強行移動如千斤萬斤般沉重的胳膊和腿時，膝蓋都會因可怕的疼痛而無力的彎曲。

冬天的山看起來寧靜，實際上卻非常殘酷。連平時常見的登山步道都不見蹤影，四周都是乾枯的藤蔓和樹幹。

我被絆了一腳，搖搖晃晃地倒下，最後幾乎是手腳並用在雪地上慢慢爬行。

看看我攙扶著的學長，他的情況每時每刻都在惡化。失去意識的他無力垂下頭，我只看到沾滿血跡的後頸和一頭散亂的黑髮。

「學長，再走一下，再走一下下就好⋯⋯」

小腿中彈，再加上要扶個比我高大的男子，我也快撐不住了。疼痛逐漸變得遲鈍，不久，一條腿從膝蓋以下都無法動彈了。但是我不能就此放棄，我咬緊牙關，重新站穩並用力支撐著他，然後繼續拖著受傷的腿，一瘸一拐地走。

因為流了血，讓身體急劇失溫。我顫抖著閉上眼睛，意識模糊，我究竟是帶著學長在雪中前行，還是其實早已暈倒在雪地裡，我已經分不清了。

完全不知道方向，一心只想下山，於是淨挑些看起來地勢較低的方向走去。

不知過了多久，就在眼前完全模糊之前，我發現了稍微平坦的空地。

看到平地的瞬間一下子就放鬆了。

到目前為止一切都遠遠超出了我的極限，我真的沒辦法再繼續走下去。我只想馬上躺在地上閉起眼睛，就算再也無法站起來也無所謂。

「啊，不行……我不能死。我要活著出去，活著出去。」

從剛才就一直自言自語重複的話掛在嘴邊，只要一張嘴寒風就會灌入口中，甚至還帶著細小的風沙，嘴唇都已乾裂。

一邊的臉頰腫了起來，但是連痛也感覺不到。

「學長，我們在這裡休息一下再走吧。在這裡……」

地上積滿雪，我把學長放下，本來想休息一會兒幫學長的傷口止血，我也順便重新打起精神來。我讓學長躺在地上，檢查他肋下的槍傷，但他的頭突然無力地歪向一邊。

「學長……學長？」

我抓著他的肩膀搖晃，但是他沒有任何反應。沒有皺眉頭，也沒有呻吟，就像、就像、就像……

「學長，你振作一點。」

學長怎麼了？剛才翻過校門前的籬笆時，他意識還很清醒，儘管疼痛難忍，但也還是會跟我說話。啊……一定是我把羽絨外套綁得太緊、讓他覺得太悶，得趕緊鬆開。

我忙不迭坐在他面前，像瘋子一樣用顫抖的手，解開綁在學長腰上的羽絨外套袖子。

明明是很簡單的動作，但我卻怎麼也解不開。

「……啊。」

好不容易解開，用沾滿血的羽絨外套先蓋住容易失溫的頸部、心臟和頭部，然後用手去堵住學長的傷口，感覺用手止血比用羽絨外套好，但是學長的傷勢太重，從我傷痕累累的手指縫間，黑紅色的血不斷溢出，蔓延到雪地上，瞬間形成暗紅色的坑。

「學……長。」

顫抖越來越厲害了，眼前模糊，像故障的日光燈一樣閃爍。

「振作一點……拜託。」

突然，我察覺到很小的動靜。猛然抬起頭，學長的眼睛瞇成細細一條縫，如果不仔細看根本看不出來。而身體就像被遺棄的人體模型，頭無力地歪向一邊。

「你醒了嗎？你還好嗎？」

「現……啊。」

「是，是我，學長，我是護現。」

「我……」

他臉上沒有血色，嘴唇發青，微微抖動，由於嚴重失溫，氣若游絲。我用身體擋住飄落的雪花，傾聽他的話，卻突然有種非常不祥的預感。

「不要忘記我。」

他說。烏黑的睫毛顫抖著，在血淋淋、幾乎體無完膚的身體中，似乎只有這一部分還活著，他失去光芒的黑色瞳孔緩緩地變得濕潤。

「就算……離開這裡。」

為了不錯過他一字一句，我把上身壓得更低。他用盡力氣眨了

一下眼睛，看起來很吃力，細長的眼睛流下淚水。

「也不要……忘……記……我。」

聲音越來越小，隱隱約約，然後消失了。渾濁的視線固定在空中，學長一動也不動。

隨著冰冷的空氣，時間彷彿也凍結了，我現在已經感覺不到寒冷和疼痛。在空無一物的白色空間裡，只有我和學長兩個人。我目不轉睛地凝視著學長，希望他再多說一點，至少眼睛眨一眨，但過了很久，還是什麼動作都沒有。

壓在學長傷口上的手移到他的胸口，咬著乾裂流血的嘴唇，努力想感受心跳，但是無論我怎麼摸索，他的心臟仍舊一動也不動。

「不會吧？」

我用乾裂的聲音自言自語，不知道是不是連喉嚨都凍著了，每說出一個字就會喘不過氣來。

「不會吧，學長，不是的。我們是如何才走到這裡，我怎麼會丟下學長一個人離開？怎麼能留你在這裡……這樣不對啊……」

為了逃避現實的絕望，大腦掙扎著製造出妄想：我已經和學長一起活著逃出了學校，現在這一瞬間難道不是惡夢嗎？是我在溫暖的春天，一邊躺在沙發上打盹，一邊等著學長時做的一個惡夢。

我這麼希望著，但很快就沮喪了，沾在手上的冰冷血液，逐漸失去溫暖、逐漸僵硬的學長的身體，過於真實。

「……啊。」

心臟怦地跌落谷底，粗大的雪花堆積在肩膀和頭上，手腳凍成了藍色，直到出現凍傷的前兆為止，我都一動也不動地注視著學

長，最終，我不得不接受真相。

他死了，把我一個人留在下雪的森林裡。

「我們不是約好要活著一起離開這裡的嗎？」

不知不覺，嘴的周圍沒有感覺，我也搞不清楚這話是從我嘴裡說出來？還是在我腦海裡的聲音？

至今為止，我目睹了無數人死亡的場面，還經歷過許多原本面對面說話的人，卻心臟驟停而變成腐肉的過程。但都是因為有和學長的約定，所以我才能堅持下來。

但是現在，為了救我，反覆死亡無數次的學長，在我面前迎來了最終結局。他喃喃自語說著這是最後一次，終於結束了的模樣，還歷歷在目。

真的就這樣結束了嗎？把我一個人留在活著的世界，而你就要這樣被永遠的聖誕節困死嗎？

「我……不能……丟下學長……一個人離開。」

學長曾吐露著自己的祕密，同時說過這樣的話：當意識到這裡不是電玩遊戲也不是電影裡，而我也不是按下一個開關就能輕易重置的存在時，感到非常絕望。

「我說過了，不會有只有一個人活下來的結局。」

那麼這次由我來按開關，為了重置這個殘忍的世界，為了救活學長。

我環顧四周，想站起來，但是因為身體凍得幾乎喪失功能，不聽使喚，隨即又癱倒在地。我就近抓住樹根，在雪地裡爬行。不知是因為寒冷還是因為在荒山野地徒手爬行，我的手指甲幾乎都脫落

了，我用慘不忍睹的指尖深深抓著樹幹，好不容易站了起來。

遠處好像有黑色的影子移動。眼前總是模糊不清，看不清那是感染者？還是不分青紅皂白向我們開槍的軍人？但不管是誰現在都已經無所謂了。我靠在枯乾的樹上看著黑影的方向。

影子越來越靠近，是個持槍的年輕軍人，戴著一副高度近視眼鏡，衣服上繡著二等兵軍銜標誌，看起來比我小兩三歲。

「不要動！」

軍人用槍口頂著我的額頭喊道。

咔嚓，步槍發出了沉甸甸的聲音。

「呵——」

理應感受到威脅和恐懼，但沒想到我卻笑了出來。如果我被這個軍人殺了，學長就會回到聖誕節，回到我不記得的過去，而我們就能重逢了。

「你……如果敢動我就立即開槍！」

軍人看到我的樣子反而嚇了一跳，這也難怪，我從頭到腳都血跡斑斑，卻還失魂落魄地笑著。

「開槍！」

「啊？」

「快點……開槍啊。」

我對學長所說的重置機制不是很了解，但如果時間拖得太久，學長說不定就不會復活了。被逼到極限的思考範圍變得有限，現在只想著要死。

「等什麼？快開槍啊。」

我狠狠地喊著。但是軍人只是動了一下，仍然沒有扣扳機，拿著槍的手抖得連我都看見了。

「說不是人……可是……」

他結結巴巴語無倫次，一邊往後退。這時他身後傳來了沙沙聲，遠處又出現一個黑色的身影。

眼前的二等兵雖然有些不熟練，但不管怎樣，都表現出了接受過訓練的樣子。剛才他微低著上身，以隨時可以射擊的姿勢前來。但現在出現的那個黑影，就像四肢被繩子纏住牽著走的木偶一樣，看起來非常不自然。

「嘎——咯——」

寂靜的樹林中傳來令人毛骨悚然的哭聲，拖著潰爛的腿，感染者出現了，距離軍人背後只有幾步之遙。

「我……我要開槍了！」

只顧著面前的我，軍人還未發現感染者從後面靠近。他把食指掛在扳機上，慢慢地拉了起來。

「嘎啊啊啊！」

這時，軍人才感到異常，身體僵硬，只轉動頭看了看身後，當他看到朝他撲來的感染者時，在厚厚眼鏡下的眼睛瞪得大大的。反應太晚了，感染者張大了嘴咬破了軍人的脖子。

「呃啊啊啊啊。」

子彈在軍人掙扎之下射出，瞬間可怕的衝擊力道向我襲來，好像有人用一根沉重的鐵棍猛戳我胸口。

「呃——」

我搖搖晃晃地退了幾步，慢慢地才看到從我的胸口噴出紅紅的血液，好不容易支撐住身體的腿瞬間無力。

我抓著胸口暈倒在地，視野中是下雪的山景，學長仍然躺著被雪覆蓋著。

軍人與感染者交融在一起，倒在地上，全身被活活地啃食。

扭過頭，學長的臉面向我，眼睛還是睜著。他蒼白臉上的雪越堆越多。我伸出持續流失力氣的手，將他的眼睛闔上。

「學……學長。」

我想告訴他，對不起，沒能遵守一起活下來的約定，「下次」，我們一定要成功。但不知是不是子彈穿過肺部，我一點聲音都無法發出，只有微弱的喘息聲，從喉嚨的縫隙中漏出來。

一切就像電影中逐漸淡出的畫面一樣，不久，眼前一片漆黑。

「呃！」

身體像反彈一樣站了起來，渾身被冷汗浸透，就像被人從頭上潑了一桶水似的。我慌慌張張的摸著自己的胸口，濕漉漉的T恤貼在皮膚上，但僅此而已，沒有中彈的痕跡、血、雪和塵土。

空無一人的平靜室內，透過窗簾照映進來的是冬日暖陽。這裡是我宿舍的寢室。

「……」

一時還無法掌握情況，我呆呆地環顧四周。桌上堆滿了參考書

和各種影印的資料，筆電沒有關機，自動切換成節電模式。

我還看到暖氣的風扇在轉動，雖然是嚴冬，但室內溫度卻非常溫暖。由於已經習慣了室外刺骨的寒冷，所以對現在的溫暖反而感到陌生。

我像著了魔似地站了起來，亂七八糟的被子掉在地上也顧不了，光著腳踩在因地暖而熱呼呼的地板上。

我看到一支手機接著充電器，螢幕顯示充電已達百分之百，是誰的？後來才想到，不是別人的，是我的手機。

我最後一次使用手機是在中央圖書館一樓逃跑的時候，用電力所剩無幾的手機打開學生證上的 QR Code，用那個打開柵欄放出感染者，然後和學長一起死命地跑到建築物外。

當時我的腿被刀刺傷，不停流血，再加上後面有拿著各種武器的人類和數百名感染者湧來，情況非常緊急，根本沒時間想到撿回手機。

後來也一樣，從中央圖書館逃跑後轉移到七十週年紀念館，沒過多久整個學校就停電了，當然也沒辦法充電，所以很快就忘記手機了。

好久沒用手機有點陌生，我猶豫地走過去，拿起手機看了看，沒有破碎的痕跡，也沒有血跡，完好無損。按了一下電源按鈕，經過短暫的加載，手機終於開機了。

還來不及確認不停冒出來的未接來電和訊息通知，先查看日期。畫面上顯示的日期是……十二月二十五日。

「啊！」

十二月二十五日，聖誕節。

「啊——」

我拿著手機僵在原地，千頭萬緒一下子湧上來，大腦頓時停止了運轉。

血染的校園，死而復生的人們，堆積如山的屍體，不斷落下的白雪，擋住學校大門的巨大壁壘，還有……子彈穿透心臟的感覺。

學長說過，每次我死了之後，他就會回到聖誕節的早晨。我想起了橫劃過他脖子的大傷疤，他的身上到處都有慘不忍睹的疤痕，直到他停止呼吸的那一刻，那傷疤都沒有消失，像烙印一樣，掐住了學長的脖子。

我撩起身上穿的 T 恤，看到被汗水浸濕的腰腹。不行，我得確認一下，現在馬上，我必須親眼確認。

我乾脆把 T 恤整個脫掉，我的手不由自主地顫抖，胸部完全暴露出來，我深吸一口氣。

「……」

在我的胸口稍微向左的位置有一個巨大的疤痕。

不是劃傷，也沒有針線縫合的痕跡，是赤裸裸的槍傷彈痕，皮肉被子彈穿透的痕跡。

子彈早已不知去向，我用指尖摸索了一下，完全沒有疼痛感，只是摸起來凹凸不平。但是猛烈飛來的子彈穿過肋骨，扎進心臟的感覺，在腦海中反覆出現過好幾次。

如果繼續回想當時的記憶，感覺會發瘋，說不定我已經瘋了。我摸著胸口的手瞬間垂下，從頭頂開始，後頸、脊梁、手和腳的血

管都彷彿流著冰冷的水。

現實終於降臨到我身上。

我死後回到了聖誕節的早晨，而這次帶著過去的死亡記憶。

那學長呢？我醒了，那麼學長應該也回來了。

「不要忘記我。」

我想起他在最後一刻費盡全身力氣的呢喃，心臟狂跳，現在不該待在這裡。

我急忙換上洗得乾乾淨淨，散發著柔軟精香味的衣服，額頭上冒出冷汗，但我沒有空擦掉。

打開房門，走廊上冷冰冰的，與房間內形成鮮明對比。不知是幸還是不幸，還沒聞到血腥味。我深吸一口氣，跑了出去。

我第一次遇見他是在走廊上，當時我正被感染者追趕，慌慌張張地逃跑。但不記不清是幾樓、哪邊的走廊，這段時間發生太多事，哪記得那種瑣碎的小事。

也不能排除他在其他地方的可能性，因此，只能漫無目的地在宿舍各處奔波。

經過無數的走廊和樓梯。和剛開始不一樣，偶爾發現散發著腐臭味的感染者，從敞開的房門縫裡爬出來，我也視而不見。

在沒有人跡的冰冷走廊不知跑了多久，終於看到遠處熟悉的景象。倒在走廊中心的行李箱，還有黑色的人影，因為在一起的時間

太長了，現在僅憑輪廓就能認出他。

撲通！心臟跳得厲害，在一片漆黑中，我只看見他。

「呼！呼！呼……」

我大口喘氣向他奔去，空蕩蕩的走廊上響起了我的腳步聲。

上次他坐在倒下的行李箱上，一副泰然自若的樣子，與周圍環境完全不符，當時的我在慌忙逃跑的過程中也感覺不真實，還想這是什麼狀況，那個人到底在這裡做什麼？但是現在我知道了，那時他是在等我，在聖誕節早上，等著來見死而復生、卻不知道他是誰的鄭護現。

心跳加快，原本只有拇指大小的黑色形體逐漸變大。

學長斜斜背對著我坐著，這讓我想起我們初次見面時的樣子，但是有一點不同。

「……」

學長，我想這樣叫他，但是沒有聲音。我僵在原地。

他無力地坐在地板上，而不是行李箱上。手中沒有斧頭，什麼都沒有。從行李箱內掉出來的各種生活必需品散落在他周圍。

他的背靠在冰冷的牆上，沒有焦點的黑眼珠呆呆地凝視著上空，連眨也沒眨一下，眼裡連一絲一毫的希望和生機都已乾涸，似乎只剩下空殼。

「說要救我那都是謊話嗎？你答應得那麼誠懇，一轉頭全都忘了嗎？你又要把我推入地獄？要讓我再從頭開始做那……那種鳥事嗎？不……不行……不是這樣，護現，你怎麼可以這樣對我。不是說不會死嗎？回答我，快回答我！」

學長的吶喊在耳邊響起。

「你……你不能死。」

「即使這裡的人都死了，呃……你也要活下去。」

他手壓著不斷湧出血的傷口，用充滿血絲的眼睛執著地看著我這樣說過。

在失去意識、呼吸中斷的瞬間，他在想什麼呢？穿過寬廣的校園，好不容易才走到校門口，經過無數次的重置，終於把隱藏的祕密說了出來。在意識到自己即將逃離時卻迎來死亡，又要重新回到聖誕節早晨的那一刻，是什麼樣的心情？他不用開口我也能知道，他的瞳孔完全空蕩蕩的，這已說明了一切。

砰……胸口像被大石頭壓著一樣，無法呼吸。

「……學長。」

我輕聲的喊著，聲音都破了，但學長一動也不動，是沒聽到？還是聽到卻以為是幻聽呢？

我這才醒悟過來，我像剛跑完馬拉松的人一樣渾身發抖，汗珠從額頭開始經過太陽穴，順著下巴滴落在地上，現在就像當初我看到學長以為他是瘋子一樣。如果現在有其他不認識的人看到我，肯定也會以為我是瘋子。

「你好，學長。」

喉嚨用力，我說得更清楚。

像壞掉的玩偶一樣發呆的他，下巴一動一動的。我確信他聽到我的聲音了，胸中的怦怦聲更加強烈，心臟湧出的血填滿了全身的血管，就像要挽回死亡的記憶一樣。

「我沒有忘記。學長不是叫我不可以忘，所以一點都沒忘……我再次來見你了。」

他的頭慢慢地轉動，烏黑的瞳孔裡反射出日光燈的光，不知不覺喉頭哽咽。

「這句話，本來想出去後再說的。」

但是我現在必須說，否則如果我又死了，說不定下次就不會有這樣的好運再見面了。

「我喜歡你。」

學長聽了愣了好一陣子，發白的嘴唇無力地張開，臉上點點血跡，像一臺又舊又破的機器，一個指令要經過很久才會接收到。

「……」

他的瞳孔裡散發出各種情緒，驚愕、懷疑，還有藏不住的喜悅。但這都只是暫時，很快地眼神又充滿了殺氣而扭曲。

「不。」

他舉起一隻手抹了抹臉，嘴角和下巴因激動用力而顫抖，脖子上布滿了青筋。

「不是的。」

學長撐著地板站起來，似乎重心不穩，有點踉蹌，好不容易站穩了，他嘴裡一邊低聲嘟囔，一邊向我一步一步靠近。

「鄭護現死了。他什麼都不記得。現在是聖誕節，我又第一次……但是為什麼？為什麼？不，不可能，為什麼是鄭護現……」

「我是護現沒錯啊，是學長認識的那個鄭護現。」

「閉嘴！」

他咬著牙威脅道，因為這樣讓他喘不氣來，越靠近，越能發現他的眼白都充血了。

「學長。」

「馬的，又是幻覺……」

他邁開大步走了過來，一瞬間揪住我領口，不，是揪住了脖子，我連尖叫都來不及。

碰！學長和我打成一片，雙雙倒下撞到地板，後腦杓、背部和肩膀都痠痛不已。

「嗬——嗬——」

他抓住我的脖子壓制，蒼白的日光燈從他背後射下，他的臉背光而一片陰暗，只看得到失去理智、發亮的黑色眼珠。

「鄭護現死了。因為他死了所以我又……過了一個該死的聖誕節。你不是鄭護現。」

他又喃喃自語。與其說是對我說，不如說是在對他自己喊話。

「我……是護現……沒錯……」

「我叫你閉嘴。」

緊握脖子的手使勁，我完全無法呼吸，面頰發熱、耳鳴。學長的嘴扭曲著笑了。

「哈，真是，看看還挺像真的。這個跟屁一樣的重置機制也會更新嗎？」

我艱難地伸出手，放在學長的手背上，摸到他因用力而突出的手骨和粗大的血管。

眼前有紅藍色的斑點以致於看不清，我只能依靠指尖的感覺一

點一點地動。穿過他的手臂，移動到軀幹，一直到在我的記憶中，他中彈的肋下。

他的肋下外觀上沒有什麼異常，但是在衣服底下的皮膚會留下痕跡，過去死亡的慘烈痕跡。

「……」

學長明顯地嚇了一跳。一瞬間他的手發軟，我趁機開口。

「很……痛吧？」

學長每次都經歷這樣的痛苦和絕望嗎？記得的次數就有二十次，之後又經歷了數不清的死亡、重置。

「學長，很痛吧，受傷的地方……」

「……」

「學長努力撐到最後，流了很多血，非常痛苦，但是我不知道該怎麼辦……但是我還是盡最大努力，可能是因為我能力不足，所以做得不好。」

「……」

「對不……起……呃……沒有遵守……一起出去的約定。」

眼睛變得熱辣辣的，接著濕潤了。心想著如果再次見到學長，我要對他說很多話，但卻說不出口，難以控制的痛哭。我被學長壓著、脖子被抓著，無聲的痛哭，一切都逐漸變得模糊。

「我……我……」

揪住脖子的手慢慢鬆開了，我的頭無力地倒在地板上。

「我剛才做了什麼？」

學長拉起我的上身緊緊抱住，相碰觸的心臟瘋狂地跳動。他用

顫抖的手捧著我的臉頰，用大拇指抹去滿臉的眼淚。

「護現，現？學弟，振作一點。」

「……」

「我還以為是假的，以為是幻覺，因為每次都那樣，所以以為這次也……對不起。我……對不起。不行，你不能再死一次，好嗎？對不起，振作一點，現啊……」

「我喜歡你。」

「……」

「我喜歡你……不是蘋果，而是學長。我，我喜歡學長。」

眼前的學長仍是毫無生氣、冷酷的模樣。我只經歷了一次就如此可怕，那麼見過無數次以各種方式死亡的我的學長，不知會有多痛苦。

我拚命地伸出胳膊，努力撲在學長的懷裡，抱著沒有滿身是血、一點也不僵硬的身體，哭著反覆說「我喜歡你」。

「呃——呃，嗚嗚。」

終於，他也發出了野獸般的哭泣聲。他低下頭埋進我的頸間，用力抱我，彷彿現在放手，就再也找不回來了。

紛亂的心跳逐漸規律，急促的呼吸聲和被淚水浸濕的臉確認了彼此的存在。在布滿死者與死而復生的感染者的走廊上，唯有我們兩個活了下來。

我們放棄了逃離。

一開始就不可能逃離。學長經過無數次的回歸重置，走過所有能想起的路線，我們甚至都走到校門之外了，但沒有一次能成功。校門外居然有荷槍實彈的軍人待命，懷著希望選擇的道路卻帶來最大的絕望。

看起來可能性最高的校門口成了那個樣子，其他路徑就不用想了，難度都比從校門口出去要高。

還有一點，雖然不知道是什麼原因，但是和之前都不同，這次我也帶著記憶回來了。中彈的胸口也留下了傷疤，難不成是因為「發現學長會回歸重置的祕密後才死」，所以也擁有了記憶？不得而知。

如果我再次死去，也許又會帶著記憶復活，如果不是，那麼學長在完全被重置的世界裡，又要面對完全不記得他的我，一切從頭開始。還有比這更可怕的刑罰嗎？我不想冒這樣的危險試圖逃離。

我們決定馬上離開宿舍。宿舍是病毒首次擴散時學生聚集的場所之一，這裡不僅有已擠滿感染者的學生餐廳，便利商店裡的東西也早就被搬空了，繼續待在這裡，就只能在淋浴間裡鎖上門哪裡都去不了，為了一點點物資與其他人爭搶。

中央圖書館也排除，上次在那裡好像遇到了比較值得信賴的同伴，但是一點用也沒有，現在對我來說，和學長兩人生存才是最重要的。

感染人數少，學生很少，而且物資保存完好，能符合這些條件的地方只有一個——七十週年紀念館。

我們穿著厚厚的冬衣，在各自的寢室先盡可能收拾可用的東西，然後牽著手走入校園。因為還沒有開始降雪，路面沒有結冰的危險。偶爾在路上看到感染者，就會暫時躲在附近的建築物裡，但不會逗留超過數小時，一路上也並未與其他倖存者交流。

如果是第一次，就不會這麼冷靜了。看到四處遊蕩的活屍，一定會大恐慌，什麼都做不了，很可能不敢離開宿舍。但是現在除了學長，我也了解狀況，哪個建築物比較危險、走哪個路線才能避免遇到感染者、什麼時候會下雪、什麼時候斷電斷水，這些心裡都有準備了。

我們順利地到達七十週年紀念館。

上次來這裡的時候，我受了傷。外面鵝毛大雪紛飛，建築物內也瀰漫著冰冷的空氣。學長和我神經都緊繃到極限，每天堅持就已經很吃力了，每個瞬間都是暴風雨前夕。

但是，現在進入還是電力正常運轉的時候。第二次來到七十週年紀念館，比我想像的還要整潔，除了沒有人，它就像是一所平凡大學的平凡紀念館。

我們一到就在一樓辦公室安頓下來，這裡是上次停留過的地方。安頓好後，我們做的第一件事就是堵住地下室。

我們用鎖自行車的鐵鍊，纏繞在地下室的門把上鎖住。因為在這裡工作的何在民課長突然到地下室，關掉配電箱開關，讓學長置於危險處境中。雖然不知道這次會不會發生同樣的事，但為了以防萬一，必須切斷一切可能性。

接著我們到樓上收集所有可用的物資，把樓梯也封鎖了。用重

重的鐵櫃堆疊起來，裡面還塞滿能找得到的各種重物。透過上次的經驗才知道，就算上樓也不可能完全處理掉在那裡的感染者，而且樓上只有會議室或活動廳等，沒有理由非得冒不必要的危險讓那些怪物有機會下來。

還有何在民課長原本是躲在哪裡的？地下室還是樓上的某個地方？嗯……應該沒關係吧，不管怎麼樣，會死的人最終還是會死。

物資比上次明顯多了很多，在封鎖樓上之前，我們翻遍了會議室。我回想起何在民拿出鑰匙，打開鎖著的櫃子，確認裡面還有招待客人用的點心，而且這回也不用擔心找到的物資要和別人分享或被搶走了。

決定放棄逃離後，每天都很平靜，過去的人生中那些悽慘的掙扎就像謊言一般。我們檢查用積存的糧食和路障堵住的門，從緊鎖的窗戶觀看外頭強風吹拂下的校園景象，就這樣度過時間，沒有任何目的，不抱任何希望。

咔嗒。我打開小收音機，這是靠電池啟動的，幾天前在辦公室角落找到，上頭覆蓋著一層灰。現在只要有智慧型手機，就可以兼具收音機、電視的功能，誰還會需要這種老式收音機呢？但是在目前的情況下，我們卻是如獲至寶。

沒有調頻電波，所以不能聽廣播，反正原本期待就不高，不過找到時裡面就有卡式錄音帶，按下播放鍵，不過巴掌大的小收音機開始播放歌曲。

是一首古老的歌曲，在我和學長還沒出生前就發行的歌，在抒情的伴奏下，沒有技巧又單純的聲音，讓寂靜的辦公室氛圍稍微輕

鬆一點。

「學長，給你。」

我在靠牆坐的學長手中放了顆草莓口味的糖果，他笑著接下。在他大手掌上的圓糖看起來格外的小。

「是甜點嗎？」

「是的。請享用。」

「我不想吃糖，我想吸你的舌頭。」

他定定的看著我說。這沒頭沒腦的淫言穢語無論什麼時候聽都很難適應，而他的表情又太淡定，分不清是真心還是玩笑。

「不是，那個……這麼突然？」

「一樣都是粉紅色的啊。」

「完全不一樣。」

「什麼？」

「比起我的舌頭，糖果應該更好吃吧？不僅有甜味，還是草莓口味的糖。」

「是嗎？這樣說好像也有道理。」

「是吧？」

「那就這樣吧。」

學長伸出手，一手拿著糖果，一手摟住我的腰，我一下子就被他拉了過去。

「兩個都嚐過再決定好了，如何？這樣不錯吧？」

「等一下、等一下，學長！」

就在撐不住要摔倒之前，總算勉強用手扶牆站好，正要親吻我

的他被制止，一臉不開心。

「怎麼了？不喜歡？」

「不是不喜歡……」

「如果說飯後甜點我要吸你乳頭，怕你會嚇到，所以只說舌頭。那也不行嗎？馬的，你真小氣啊，學弟。」

「不是那樣，學長胳膊上不是有傷口。」

「什麼？」

「我怕不小心碰到傷口你會痛。你不是說痛得要死，所以我還幫你貼了 OK 繃。」

把突然想到的記憶都拿來當藉口，但是學長的表情很微妙，這是要裝出一副生氣的樣子然後放過我，或者是充耳不聞，繼續做自己想做的事呢？

「鄭護現。」

「什麼？」

感覺有點奇怪。他的胳膊抓住我的腰，我呈現不是坐也不完全是站的姿勢。

他盯著我看了半天，好像要從我眼睛裡找出什麼似的，然後說：「我胳膊上沒有傷口。」

「……」

「那傷是上次，不是這次。」

他捲起袖子露出胳膊，我記憶中貼了卡通圖案 OK 繃的部位空無一物，取而代之的是疤痕，像是很久以前受傷後留下的，又細又模糊的疤痕。

學長的話是沒錯，我把上次和這次弄混了。

幫上樓察看而受傷的學長在胳膊上貼 OK 繃，以及並排靠在牆上抽菸都是上次。

才兩次記憶就出現混亂了嗎？我的心裡很不是滋味，卻也無話可說，愣了半天，然後才低聲說：「是……對不起。」

我以為會聽到斥責，但學長卻沉默著，不知怎麼的臉上的表情錯綜複雜，不，感覺更像多了苦澀和慘澹。

他把凝視我的視線移開，咬著牙恨恨地說：「……馬的。」

我試著想站好，但學長動作更快，他用力把我拉近身，讓我坐在他身上，我們距離很近，還好額頭沒有撞在一起。

「別擺出那種表情。」

「我的表情怎麼了？」

「你以為我不知道？你是不是覺得一切都跟屁一樣？」

「什麼？」

「我們學弟又有什麼像屁一樣的故事？跟我一起回到聖誕節？還是放棄逃離？啊，兩個都是嗎？」

每一天都平靜而無聊，而就在某個瞬間，學長和我都莫名其妙地變得尖銳，就像現在一樣。

在物品堆積如山的安全基地裡過得很好，但偶爾卻無法控制情緒，雖然我們倆協議好放棄逃脫，兩個人都同意沒有比這更好的選擇……但一方面卻又隱約感覺到好像哪裡錯了。

這樣下去不行。

但是到底為什麼不行？我們已經盡力了，我付出了死亡的代

價，知道即使去到校門口也無法逃脫，這樣還要我怎麼辦？我咬著下唇挺直了腰。

「不要用那種方式說話，我從沒那樣想過。」

「你一次都沒有後悔過？」

「沒有，你誤會我了。」

「哈……鄭護現，在你眼裡一定覺得我……像瘋子是吧？」

「……」

無論我說什麼似乎都沒有用。我閉上嘴什麼都不說，學長咬牙發出咯咯的聲音，那一瞬間，他的眼睛閃過危險的光芒。

他揪住我的衣領猛然拉了起來，脖子被粗魯的手勒住，在鼻梁與鼻梁幾乎要碰到的距離，他像吟誦什麼似的。

「不管發生什麼事，都滿口仁義、道德、希望的傢伙，眼睛卻像死魚一樣只是呆呆地看著……你覺得我會有什麼想法？」

「我有一件後悔的事。」

學長目不轉睛地看著我，從他的黑眼珠裡原封不動映照出我的樣子。

我深深地吸了一口氣，接着說：「學長重覆了無數次的聖誕節，我卻一次也沒有和你一起度過。」

沙沙。學長手中傳來揉搓糖果包裝紙的聲音。

「……」

他沒有說話，嘴巴扭曲了，是喜悅和絕望共存的矛盾表情。他好像還想說什麼，眨巴著嘴，但不一會兒卻只是嘆了口氣，轉頭靠了過來，接著兩人乾澀的雙唇交疊在一起。

舊收音機接連播放老歌，歌曲中間偶爾會發出嘎嘎作響的磁帶空轉的聲音。

我們把那些歌曲當作背景音樂在辦公室地板上打滾。沒有誰先起頭的，很自然的就緊緊抓住對方，兩人的大腿之間夾著大腿，褲子也沒脫，下體鼓起互相搓揉，鼓起的部位漸漸變大、變硬，摩擦不斷，身體逐漸發熱。

「鄭護現，抬起頭來。」

他粗糙的手捏住我的下巴迫使我抬起頭，再次像要吃了我似的親吻。他的舌頭從濕透腫脹的嘴唇中間鑽了進來，粗重的氣息順著脖頸而下，舌尖上融化的草莓味糖果的餘香令人戰慄。

在鼻尖拂過、如野獸般的喘息聲中，他的眼睛閃著光，一向總是陰鬱而銳利的眼睛，因慾望而翻滾。這還不是單純的慾望，他因我而升起慾火，在一個充滿腐爛眼睛的感染者的黑白世界中，我是唯一的真實。

因為互相擁抱、扭動腰部，互相揉搓下體，我們爭先恐後地勃起，褲子憋得難受，前輩一把拽住我笨拙地纏在他腰上的手，放在他的下體。

「摸我。」他說。

「啊——」

「我的鳥好像要爆炸了，快幫我揉揉，用你漂亮的手，直到射出來為止。」

學長調整呼吸，頭靠了過來。

「不想用手嗎？那要不要用腳？那也不錯。你的腳跟也是粉紅色的。我們護現是怎麼回事，從頭到腳沒有不讓人心動的地方。」

悄悄傳到耳邊的淫言穢語弄得我暈乎乎的。學長抓住我的腳，就要拉到自己的胯下，我趕緊動手，笨拙地打開他的褲子鈕扣，拉下拉鍊，在這過程中，他用一隻手揉著我的屁股，把頭埋在脖子上，輕輕地拍打著屁股肉。

「小可愛……」

「嗯。」

「不要死。」

「我不會死。」

我把手伸進敞開的前襟間摸索，抓住他勃起的性器。這麼大的東西到底是怎麼塞進去的？黑色的內褲繃得緊緊的，可以清楚看出前端的輪廓。用大拇指抹去前端滲出的體液，他的分身強烈地蠕動，甚至還在脹大。竟然在這種時候還能變得更大！讓我再次感到驚奇。

「學長也不要死。」

「如果又死的話？」

「那我也要死。不管多少次，我都要回去找學長。」

「那其他傢伙呢？」

「什麼？」

「我們學弟一天到晚不是為了救活其他傢伙而忙碌嗎？上次也一樣，都不知道愛惜生命。」

原本像揉麵團一樣揉捏臀部的手，瞬間充滿了力量，我的屁股疼得要炸了，但奇怪的是，除了疼痛，還有快感。

「……我不知道。」

在成為活地獄的校園裡，除了學長以外還見到了其他人，但是沒有一個人像學長那般重要。那些時間，學長獨自拚命熬過來，現在既然知道了他的祕密，就不能不管他。

在中央圖書館遇到的兩名女學生，還有在行政大樓幫我們開門的他校體育系男生、理工學院的教授、研究生、曾在該辦公室工作的教職員……大家的臉模糊地掠過。

彷彿想起了忘記的什麼，心裡某個角鈍鈍地痛著。

「好，現。」

學長的聲音切斷了思緒，他將我的手更用力地推，撫摸自己的性器，隨著隱隱的節拍將腰部抬高。我的下體也興奮得體液嘩嘩地噴湧而出。

「不知道也沒關係，什麼都不知道也無妨。」

我強忍著呻吟，仰起頭來。為了保暖而鋪在辦公室地板上的文件堆上，頭髮散亂，刺激心頭的疼痛不知不覺被快感沖走了。

學長在我生疏的愛撫之下，把我的衣服脫掉，他手上的老繭擦過我的皮膚，感覺奇妙地刺激。T 恤拉到胸口，學長停頓了一下，他的目光所及是我胸前的傷疤。

「怎麼看都不順眼。」

他像自言自語似的嘟噥。自從上次得知我被槍殺後，每當看到胸部的傷疤，他都會咬牙切齒。但他身上應該還有幾個比這更嚴重

的疤。

「那個什麼二等兵的傢伙，那時候確實死了對吧？」

「那很重要嗎？反正現在應該又活過來了。」

「怎麼，要不要我現在出去砍了他的頭？」

「不，學長，他現在還是人啊，又沒被感染。」

「那又怎樣？對你造成傷害的傢伙比感染者還不如。這漂亮的身體哪有地方射子彈，應該射其他東西啊。」

「……」

「你跟那個傢伙做什麼了？嗯？該不會有身體接觸吧？」

「什麼沒……啊！」

他連回答的機會都不給我，低下頭不由分說咬住我的乳頭吸吮，我的胸膛也跟著彈了起來。

「啊、啊、啊——」

他吮吸著，把另一邊的乳頭夾在指縫裡揉滾，咬在他嘴裡的乳頭又濕又熱。

學長硬是把兩個乳頭都弄得又紅又腫後才往下，伸出舌頭細細地舔了留下子彈嵌入痕跡的胸口。傷疤處比其他部位要敏感一些，綻放令人酥麻戰慄的快感。現在好像有點明白為什麼學長會慫恿我咬掉他脖子上的疤痕了。

沉迷在敏感處的快感中，絲毫沒注意到學長拉我的腳踝。

等我慢一拍睜開眼睛往下看，才發現裸露的白皙腳踝被大大的手緊緊抓住。

他若無其事地把我的腳放在他自己的大根上，腳尖碰到了因體

液而發紅的陰莖，他抓著我的腳背揉搓前端，乾淨的皮膚沾上了液體，溫熱滑溜，我癢得說不出話來。以腳掌為中心，熱氣沸騰。

「學長。」

「怎麼了？學弟？」

我驚恐地試圖逃避，但是學長卻不為所動。

被他抓在手裡的腳脖子疼得發疼，而他的性器被我的腳壓得緊緊的，在揉搓之下更結實。

「呃……別、別……你在幹什麼……」

「我要你摸老二，但你沒摸啊。」

「那個……」

「你別在意，我自己會看著辦。」

「怎麼能不在意呢！」

「剛才不是還欲仙欲死的？你就那麼喜歡被吸乳頭嗎？」

「呃啊！」

我蜷縮著身體，不停地動，但是後面有牆，前面有學長，我無處可逃。最後，為了不讓學長任意扒開，我兩腿緊緊合在一起側身躺下，連腳尖也用力。

學長咬著牙說：「鄭護現，還不過來？」

「等一下，這樣有點奇怪……呃，這樣好像太過分了。」

「不肯用手，也不肯用腳，馬的，到底是怎樣，連我的鳥都不想碰嗎？跟我做愛有那麼可怕嗎？不喜歡就說一聲啊。」

「不是那樣的……」

剛才衣服被脫掉，我只勉強穿了一件內褲，而且還是不符合現

在這種情況的清爽薄荷綠平口褲，學長的眼睛盯著我的內褲、赤裸裸的腿、沾上透明體液的光腳。應該沒什麼好看的了，但不知為何他的眼睛興奮得發亮。

「啊——」

學長一手握住自己挺直的性器根部，另一隻手緊緊地按住我的膝蓋，我有一種不祥的預感。下一秒……啪！膝蓋窩內稚嫩的肉被他的性器猛然撞擊。

「……」

對於意料之外的行為，我連呻吟都發不出，呆呆地張著嘴。學長把生殖器抽出一半，隨即又啪地頂進去。膝蓋窩裡有股粗壯的嗖嗖地進出。他人的身體，而且還是性器官，對意想不到的部位施加的刺激令人暈眩。

「張開，除非你想滿腿都是我的體液。」

一直用力貼合在一起的腿不由自主發軟，學長把我唯一穿著的內褲扯掉，他彷彿是被我裸露的身體迷惑似的，突然咕噥說道：「你如果再死的話……這次真的，我會殺了你。」

要死就會死，他在說什麼奇怪的話。本想這樣回他，表現出沒什麼大不了的樣子，但是學長沒有給我回應的機會，他的食指和中指塞進我嘴裡，我氣喘吁吁地吸吮，感覺好像在吸他的性器，很快就濕透的手指抽離，觸及下體。

想趁勢擠入緊縮後穴的手指，費了一番工夫才插入一個指節。我倒吸了一口氣，學長把手指一伸，手指頭轉半圈後又再往裡頭一插。他長長手指上的每一個小疤痕都凹凸不平，彷彿在撓內壁。雖

然只有兩根手指頭，但下面很緊。我的腿一直笨拙地張開、顫抖著，隨之而來的是小腹也開始抽動。

他倉促地捅了幾下緊縮的後穴，接著馬上把他的大根放上。我盡量把背貼在後面的牆上，不是因為不喜歡學長，也不是因為不喜歡做愛，而是不敢相信那根粗大充血的東西會進入我體內。

像熱身一樣，學長把性器放在我屁股上揉了幾下，終於把滑溜溜的前端抵住穴口，他的嘴角和下巴用力，然後隨即，緩慢但毫不留情地……

「啊——啊，呃，呃——」

因為夾在牆壁和學長之間，身體幾乎摺成一半，我可以清楚地看到學長的大根插入的情景。害怕、背脊發涼，後穴處密密麻麻的皺摺舒展開來，內壁肌膚像歡迎似的緊貼著他的性器，內臟被推開，感覺越來越綿長。側耳傾聽，竟能聽到性器咕啾咕啾的聲音，偶爾傳來呼嘯的風聲和收音機裡不間斷播放的老歌，應該再也沒有這麼不協調的背景樂吧。

不知道是不是因為體位太不便，或是裡面沒有完全放鬆，學長的肉棒並未全放進去，而裡頭似乎已經堵住了。前端壓在緊繃得不能再擠進去的內壁上，我因為疼痛臉都扭曲了。

「嗯，啊，學長，好痛……」

「放鬆一點，誰叫你那麼緊……」

學長也因不舒服而皺起眉頭，勉強進入一半的性器在蠕動，腹部的肚皮微微凸起，我的腹腔內似乎盤踞了一條巨蛇。

「啊！啊——」

我也不知不覺伸手輕輕按了按小腹。內壁不斷被擠壓，不知被碰到哪裡，腹腔內整個都感到刺痛，被壓抑的呻吟爆發了。

「鄭……護現……你……真是……」

學長大口喘氣，握住我大腿後側的手更用力了。與此同時，性器承載了體重緩緩擠壓著裡面。

「啊！」

如果體內的肉被強行撕裂，會痛到這種程度嗎？我被壓在學長下面，瘋狂地搖搖頭、啜泣。

「不要再進去了，我要死了。」

「你少裝了，每次插進去都哭著說會死。」

「真的，真的會死……啊，學長……」

「那你就別隨便一摸就站起來，不然就別長這麼漂亮。」

他一邊發脾氣，一邊停止推進。依然只有一半在裡頭，他開始緩緩上下的動，像是近乎振動的遲鈍刺激，但僅憑這樣的動作就感覺要死了。他只要動一下，包著他分身的肉都要飄起來了。

「現在才放進去一半，怎麼就喘不過氣來了？粉紅色的洞都染紅了，嗯？現啊，你知道每頂一次你的後穴就會慢慢變紅嗎？草莓味糖果是我吃的，可是怎麼是你變成草莓色了？」

下流得讓人目瞪口呆的淫言穢語層出不窮，如果我有餘力，早就把耳朵捂住了。我沒有回答，腳尖蠕動，但那偏偏是剛才揉搓學長性器的腳。透明的液體在染紅的腳趾間流下，畫面極度刺激，我緊閉雙眼。

快感迅速衝上腦門。不知從何時起，我隨著學長的節奏，屁股

開始微微地聳動。原本無法再進入的內壁似乎變得軟化。脖子後面越來越熱，肚子嗡嗡作響，弄得我暈頭轉向，然後終於……

「啊——呃，呃，啊，啊！」

我掛在學長的肩膀上呻吟，然後仰著頭射精了，在他和我之間被壓得東倒西歪的性器濺出了精液。

同時他停止了動作，只有一小會兒，但寂靜得連呼吸都忘了，在撞擊心臟的快感中我們四目相接。

頂進我體內一半的大根狂妄的蠕動，暫停的時間又開始流動，肉棒不停地鼓動，吐滿了精液，還有點乾澀的內壁很快就濕了。

現在結束了嗎……我喘不過氣來，筋疲力盡，額頭和脖子被汗水浸濕，下半身沾滿精液，但我累到連擦拭的想法都沒有，後腦杓和背部已感受不到冰涼。

學長噗嗤一笑，輕輕地撫摸我滿是精液的小腹。

「小可愛，有那麼累嗎？別人看了還以為被操了一整天呢。」

「啊，啊——」我大口喘氣。

「現啊。」

「……」

「現啊。」

「什麼……」

連回答的力氣都沒有。學長撫摸我身體的手有種微妙的感覺。

「現在不覺得可以一路到底了嗎？」

我癱軟地喘著氣，聽到這句話一下子精神都來了。

「……什麼？」

「爽了一次，身體也放鬆了，裡面也都濕透了，應該可以全放進去吧？」

「還……還要做嗎？」

「我只放了一半就咕啾咕啾，你的洞不也癢癢的嗎？」

「學長，我……等一下，不行……」

他冷笑了一下，把我的話當耳邊風。緊緊抓住我骨盆的手使出力氣，我慌慌張張地伸手抓住學長的手臂，但一點用處也沒有。

學長的尺寸一點也沒有變小，鑲嵌在裡面的性器稍微退出，然後又原封不動地穿過緊縮的內壁……

「呃，啊！啊啊啊！」

直頂到我體內深處。

「呃！啊！啊……」

眼前一片黑，一瞬間氣喘不過來，我顫抖著抓著學長的手臂，驚恐地往下看。

我看到了令人震驚的景象。粗得令人髮指的大根深深地扎進屁股中間，濕亮亮的後穴像燒紅一般，一點皺摺都沒有，但沒有裂傷。平坦的小腹已經鼓起，甚至看得出形狀。

「學長，夠了，快拔出來，我要死了。」

我顫抖的手纏在學長身上哀求。

學長抱住我回答說：「嗯，你不會死的。」

「真的，我要死了……呃，啊啊……救命……」

「我都說了你不會死，你為什麼會死？就算你想死，我也不會讓你死。」

「好可怕……」

「好，好，小可愛，現在都進去了，沒有什麼好怕的了。」

他輕拍了我一下。他的話一點可信度都沒有，我哭著摸索下面，在緊繃的會陰之下，摸到了還剩下大約兩個指節的陰莖。

「……」

還說都放進去了，騙人。有種被背叛的感覺，眼眶發酸。

「哪有全都進去。騙人，為什麼要說謊……」

我突然眼淚汪汪哭了起來，現在的我一定很難看，但我沒時間追究。

學長默默俯視著我，他不知為何而興奮，急促地呼吸。

他把我扶起來，讓我坐在他上面，感覺像是將我的體重原封不動壓在他的性器上。

他的肉棒推開黏糊糊的內壁，一步步更深入。

身體開始搖晃了，啪！啪！濕漉漉的肉之間發出了撞擊的聲音。我不由自主地把手臂纏在他的脖子上，上上下下動作越來越大，每當腹內被塞滿時，彷彿整個世界都在晃動。

「啊，啊，啊！」

學長用一隻手托住我蜷縮的腰，而下半身的動作越來越強烈，我的視野變得紅紅、藍藍、黃黃的。

莫名其妙地害怕起來，感覺如果繼續這樣下去，我會壞掉。也許後穴會裂開或內壁會裂開，甚至會裂到不該裂開的地方。

我用顫抖的手撐著學長的大腿，心裡只想無論如何都要擺脫掉，身體用力想脫離他的分身，想要站起來……

「鄭護現，你要去哪裡？」

學長緊抓住我的腰，好像要壓碎一樣。他目不轉睛地望著結合處，眼睛裡沒有焦點。

「又要丟下我一個人……想消失嗎？」

他咬緊牙，用力按壓我的骨盆，讓它坐下去。好不容易想起身的，這下又沒了力氣。

「啊——啊，呃，啊啊！」

啪！摩擦內壁的聲音格外的大。插得太深了，不由得想乾嘔，但是更令人難以置信的是，我的性器上噴出了透明的液體。

偏偏尿道孔朝上，液體不偏不倚灑落在學長的胸膛，甚至還有幾滴濺到他脖子上的傷疤。我灑出的東西落在艱難地咬住學長大根的後穴周圍形成圓圈，嘩嘩流淌讓我感到非常羞恥。

「……」

學長舉起手，緩緩抹去自己脖子上的水珠，視線依然投向我，那個動作讓他有著小傷疤的手背也濕了。

他緊緊抓住掙扎的我，猛然頂了進去。由於不停地逼迫，性器末端經過前列腺時又多耗了一點時間，無情地刺激到不該刺激的地方。但是，對於沉浸在快感中的身體來說，那也是令人銷魂的感覺。唾液從張開的嘴流下，四肢無法控制地顫抖著。

在蠶食腦海的快感中，隱隱約約閃現白雪覆蓋的山景。不停流淌的血，漸漸變遲鈍的痛感，還有積到小腿的雪。

我緊閉眼睛，更加迫切地與學長交纏著，就像想藉此忘掉那些可怕的記憶一樣。

似乎頂到肚臍的學長的大根咕嚕咕嚕的響，我原原本本地感覺到了，很難忍受，我臀部扭來扭去瘋狂地掙扎。結果沒能承受住壓力，學長的熱源退了出來，但一切尚未結束，因為射精仍持續著，沿著從內壁出來的軌跡，精液盡情揮灑，就連以為已經完全消退的我的性器又開始滲出液體。

他把一半的精液射在內壁之內，剩下的一半，趁前端快來到穴口時，藉著擠壓的力道一波波射出。每當前端蠕動時，就會射出一波精液，其中一部分逆流到後穴裡。

「啊，啊，呃——啊！」

他射精結束後，終於有了喘息的機會。我把頭靠在他的肩膀上，像屍體一樣垂下，氣喘吁吁。別說是外在，連身體裡頭都感覺黏糊糊的，眼前很快就變得模糊不清了。

「呃——」

這時，濕漉漉的手指抓住乳頭，揉動的感覺讓我精神一振。學長抱住我軟軟的身體，一手揉搓老二。由於下身全是體液，滑得快握不住，他為了打開後穴，不斷調整角度，錯過了幾次，後穴和內壁都又軟又黏，本以為不會有什麼感覺，但厚實的前端一頂到後穴就刺痛了起來。

「……」

我想叫他住手，但卻說不出話來，只有不斷喘氣的聲音。因無數摩擦而腫脹的內壁，大根再次進入。

「啊……拜託……」

我微弱的哀求被置之不理。執拗的性愛又開始了。

學長以跪姿托起我的背部和臀部，快速地往上頂。

後來可能是姿勢不順，又把我翻過來，從背後重新插入。

我連呻吟都無法發出，只能任憑他擺布。根本不用想反抗，只要還能維持意識就謝天謝地了。

與似乎隨時會暈倒的神智不同，我的身體對快感反應非常誠實。噴灑了很多精液，溫熱通紅的分身又站了起來。

分不清是誰的體液，學長沾了就往我臉上蹭，像在標記區域一樣。受盡折磨，最終昏昏沉沉地睡著了，即使在夢裡，我也在和他發生關係。

但要說是夢，感覺卻很真實，可是再怎麼生動的夢……我噴灑出和精液混合在一起的體液，順著腹股溝流下來的感覺也跟真的一樣，這合理嗎？

有點奇怪。終於清醒了，勉強睜開千斤重的眼皮，我的天啊，他真的又插進來了。

「嗨，學弟，醒啦？」

他從後面抱著我躺下，把腰彎起來，學長在耳邊低語，原本鬆軟的內壁突然變緊繃，這感覺讓我意識到自己真的醒過來了。

「拜託、拜託，不要……」

我氣憤地拍了拍學長，眼睛用力，使勁地發脾氣，最後委屈地哭了起來。

學長親吻我乾澀的眼角，輕輕哄我。想到他平時的為人，現在的親切態度讓人不敢相信，但是一點都不感動，因為他始終沒有停止動作。

我不需要他這種體貼，就希望他把肉棒抽出來。

我們在一起做了幾個小時呢？最後學長也睡著了。他的雙臂緊緊抱住我，讓我無處可去。深入體內的性器始終沒有拔出來，讓我不得不在小腹緊繃的不便中闔眼。

意識迅速下沉，空氣中卻傳來了歌聲，是一直在播放的卡帶發出的聲音。原本就老舊不堪的收音機，不知是不是放得太久了，聲音也開始斷斷續續。

我把一首緩慢而沉悶的愛情歌曲當作背景音樂，不知不覺昏昏欲睡，只有從背後感受到學長的體溫成為我唯一的安慰。

把遮得密不透光的百葉窗拉上去，把窗戶輕輕打開一個指節寬。外面還在下雪，而且越來越大，連校園另一側的建築物都看不清楚。這正是上回讓我們非常頭疼的暴雪的開始。

反正這次我們就在這裡哪兒也不去，無所謂。

我隨意坐在辦公室的桌上，望著窗外發愣。

因為長時間的縱慾過度，全身疲憊不堪。已經過了半天，不，是一天嗎？因為所有窗戶和百葉窗都關得嚴嚴實實，一直待在室內，感覺不到時間的流逝。

「給你。」

學長從後面突然過來，在我肩上蓋了柔軟的東西。是掛在辦公室椅子上的小毯子。厚實而柔軟，而且大到可以覆蓋全身。

「一起蓋吧。」

學長連看都不看我，不耐煩地揮揮手。

「不用。」

「學長也會冷吧。」

「鄭護現，又是一派胡言亂語。趁我好言相勸時你就乖乖蓋著。你全身都乾扁了，除了屁股和臉頰，沒有地方可以摸了，要是又發燒像生病的小雞一樣病歪歪的，我可不管。」

「我沒那麼乾扁……而且我什麼時候病歪歪的？」

「上次。」

「……」

「在圖書館病得要死，最後還哭了不是嗎？我們逃到這裡途中還被打暈。」

我一下子閉上了嘴。上次的經歷對他和我都是心理創傷，明明答應要一起活下去的，結果還是失敗了。

「我現在沒生病，而且……」我咬著嘴唇，打開毯子下襬說：「如果學長在身邊，感覺會更溫暖。」

一直看著我的學長微微一笑。

「你到底是從哪學來這些甜言蜜語的啊。」

他走過來坐在我旁邊，我用毯子仔細地蓋住他的背和肩膀。

我們兩個人個頭都不小，因此毯子被拉得緊緊的。

超細纖維的毯子，包裹著上下都是一身黑、高個子的凶狠男人。毯子是柔和的天藍色，甚至還有可愛的卡通人物，看上去完全衝突卻又巧妙地適合他。

我們兩人像丟了魂似地怔怔地看著窗外的飄雪，沒有對話，也沒有眼神交流，什麼都不想做。

窗外除了雪花飛舞，其他什麼都沒有，過了好一會兒，在灰濛濛的降雪中，好像看到了什麼，像人的形體。第一時間以為是在校園遊盪的感染者，但再仔細一看，發現果然是人，因為感染者不會像那樣急切而敏捷地行動。

「果然是有點涼啊。」

學長用帶著傷疤、青筋凸起的手，拎起滑落下去的毛毯喃喃自語。他應該也察覺到窗戶外有人在移動，但他的眼睛仍然沉浸在憂鬱的倦怠中。

我也若無其事地回答：「是啊，把窗戶關起來吧，風聲很吵吧？感覺雪還會繼續下。」

「不，再通風一陣子，等會兒再關上。」

「好。」

我點了點頭，突然看到了收音機。

昨天就放著任憑卡帶一直轉、歌一直放，後來因為和學長忙著抱在一起打滾，所以就忘記了。卡帶不知不覺全部播放完畢，自動停止了。

懶得走過去拿收音機，只是伸長了胳膊摸索，手指碰觸到方方正正的電子設備的觸感，按了倒帶鍵，咔嗒、咔嗒，隨著嘈雜的聲音，卡帶倒轉，從頭再來，從頭、從頭……我出了神地聽著斷斷續續的機械音。

外頭那個隱隱約約的形體漸漸靠近了，這才發現不止一個，冒

著猛烈的降雪，有好幾個人正往這邊走來。

他們拚命穿越積到小腿的雪，偶爾還摔倒在雪地上，又掙扎著爬起來。在他們身後緊隨而來的是熟悉的感染者身影。

暴雪遮蔽了視野，又過了一會兒才大致看到那些人的樣貌，是學生，一個矮個子紮馬尾的女學生、一個短髮穿棒球外套的女學生，還有一個塊頭很大的男生。不知怎麼的，有一種很熟悉的感覺，好像在哪裡見過他們……

「姐姐，裡面有人！」

「什麼？」

「那裡……七十週年紀念館裡，有人……」

「喂！」

不知道是不是發現在百葉窗內的我們，他們開始大聲喊叫。在大雪紛飛中，他們的樣子也慘不忍睹，全身斑駁都是血和灰塵，頭和肩膀上則堆積著白雪。

「救命！」

有人發狠大叫，聲音之大，連在室內的我們都聽得到。但我們並不想打開這個舒適要塞的門，出去幫助他們。

不想冒任何危險，不想再抱著虛無縹緲的希望而受挫。我再也不要見到學長死在我面前了。

慘痛失敗後再次重置的聖誕節，像靈魂流失的空殼一樣呆呆地坐在走廊的前輩……我不想再見到第二次了。

我移動還放在倒帶按鈕上的手，按了播放鍵，卡帶咯噔咯噔地傳出了耳熟能詳的歌曲。

「沒聽見嗎？救救我們！」

「救命！」

「開門啊。」

不知不覺，那些人已經走到大樓前面，追趕他們的感染者也靠近了，來到無法視而不見的距離，然而學長和我卻文風不動，漸漸地，他們的眼睛裡充滿了絕望。

他們一看見我們，就盲目地跑過來，根本沒有想到要確保退路或考慮對策。現在，圍繞著走投無路的獵物的感染者高興地發出可怕的嚎叫聲。

「嘎——嘎——」

「咔！」

「啊！不要過來！」

「啊！」

悲鳴、血、撕骨裂肉的聲音，全都離我好遠。對我來說，只不過是刺耳的噪音罷了。我把收音機的音量調得更大。

學長把窗戶關上，鎖緊，然後回我身邊。外面的慘叫聲被厚實的玻璃擋住，聽不見了。

我把毯子重新蓋在他的肩膀上，他在毯子下摸索著找到了我的手，我動了動指尖，握住他的手。

我們靠在一起舒服地坐著，看着風雪交加的天空。只要待在這裡，我們就是安全的。所有一切都只是臨時演員和特殊效果的道具，在黑白單調的世界裡，只有我們兩個主角。

「……」

我不經意地轉頭看著前輩，感覺到我的視線，他也看著我。

學長曾憤恨地說，之前他能做的只是用死氣沉沉的眼睛呆呆地看著。話雖如此，但現在學長眼中也找不到一絲生機。

封閉的校園，被困其中的我們，就算下到世界末日也無所謂的雪，我們就像在巨大的水晶球裡一樣。反覆下雪、積雪、再下雪，永遠沒有季節變化的世界。窗外的那些人最終也只是水晶球之外的異物而已。

收音機不停播放著同一首歌。我聽著，輕輕地閉上眼睛。

我們就這樣永遠停留在聖誕節，在大雪紛飛只屬於我們的水晶球裡。

（完）

晉江文學城
愛呦文創
愛呦文創
Universal Gravitation
萬有引力
騎鯨南去◎著
全七冊
萬物之間皆有引力，所以我遇見你
Universal Gravitation
強強聯手打破所有規則及藩籬
只為在光怪陸離的遊戲世界裡與你相遇
晉江耽美大手「騎鯨南去」人氣NO.1無限流，每一頁都無冷場
★每集同步推出限量印簽特裝組，皆有附不同款的周邊商品及同款的PVC燙銀書衣
★每集預購送PVC明信片卡或PVC透卡（數量有限送完為止）

愛呦文創